U0667899

半墙明月

羽人 —— 著

风起江南
陆春祥／主编

文匯出版社

图书在版编目(CIP)数据

半墙明月 / 羽人著. —上海:文汇出版社,
2023.3

ISBN 978-7-5496-3975-5

Ⅰ.①半… Ⅱ.①羽… Ⅲ.①散文集–中国–当代
Ⅳ.①I267

中国国家版本馆 CIP 数据核字(2023)第 029217 号

半墙明月

著　　者 / 羽　人
责任编辑 / 吴　华
装帧设计 / 书香力扬

出版发行 / **文匯**出版社
　　　　　上海市威海路 755 号
　　　　　（邮政编码 200041）
经　　销 / 全国新华书店
印刷装订 / 成都兴怡包装装潢有限公司
版　　次 / 2023 年 3 月第 1 版
印　　次 / 2023 年 3 月第 1 次印刷
开　　本 / 880×1230　1/32
字　　数 / 180 千
印　　张 / 8

ISBN 978-7-5496-3975-5
定　　价 / 58.00 元

风起江南散文系列第二季（总序）

尽力猛扑而朗朗仓仓

陆春祥

1

西湖孤山南麓，有三忠祠，奉祀袁昶、许景澄、徐用仪三人。袁昶（1846—1900）为桐庐人，我的老乡，他殿试二甲，官至三品，庚子事变，力谏朝廷不可纵容义和团滥杀洋人与外国开衅而遇害。袁昶诗文、书法、藏书、刊印、西学等，诸业皆有突出成就。

辛丑春节，我一直在读袁昶的日记。袁的日记，持续时间长，从同治丁卯六年（1867）三月开始写，从无中辍，一直到被害前。他的日记还不是一般的记事，侧重在求知问学、克己慎思上，目的就是迁善改过。

看一则"癸酉正月"：

癸酉元日帖子。元日书红云，癸为揆度，酉象闭门。士君子必有闭关千日，研几极深之思，而后有揆度庶务，洞若观火之量。*静存仁也，动察智也。*

这一年是同治十二年（1873），鸡年春节，袁昶27岁。一个甲子后的鸡年，我父亲出生。袁昶逝后，一个甲子零一年，我也出生了。这样看来，袁昶其实离我很近。不过，年轻人袁昶，思想已经成熟，他虽30岁中进士，却早已饱读诗书，有着自己独立的见识。

他解释"癸酉"，别有见地。

"癸为揆度"，就是估计现实情况。为什么他关注现实，从他的经历可以看出，他时刻将读书人的目的与责任和现实紧密相连，虽是保皇派，但在处理义和团滥杀洋人的事件上，眼光却远大，做事不能只顾情绪不计后果，虽被杀，不数日遂昭雪，谥"忠节"。"酉象闭门"，这是从字形上说酉字。闭门干什么？你若要有对事情洞若观火的眼光，则必须闭关千日，将冷板凳坐穿，如此才会形成自己别样的眼光，处理好各种政务。袁昶曾任江宁布政使、光禄寺卿、太常寺卿等，在各个岗位都有建树，芜湖还建有"袁太常祠"纪念他。

静存仁，动察智。胸中有仁义，决事才有智慧。这不是一个死守书斋不知变通的读书人，他将所学与现实、读书与修身、思考与反省紧密结合。

写完那则"癸酉正月"，已经过去整整一年。

又一个年三十夜，袁昶吃过年夜饭，往桐庐城里闲逛。桐君山上祈福的钟声不时撞耳，富春江两岸的爆竹尖叫着频频蹿向空中，街上行人已经开始聚集，小儿成群追着叫着倏忽跑过。袁昶抬头望星空，但见北斗星的斗柄已经指向东方，他内心里不断感叹，还有几个时辰，旧的一年转瞬即过，混混与世相处，隼起鹘落，如弹指一刹那，而自己却学业未精，德行也没有进步，真让人惶恐啊。

严格自律的袁昶，每日三省己身，袁昶日记中，他悟出的人生格言，多得让我双眼停不下来，仅以甲戌年（1874）摘要举例：

人惟无欲，始能刚耳，有欲恶能刚。耐坚苦者，始能进德耳，耽安佚者，则丧德矣。（甲戌正月）

不作无益之事，不道无益之言，不损无益之神，不发无益之虑。

心无二用，自今后作一事竟，再作一事，则心体不疲。（甲戌二月）

抄录七十二岁的黄元同《求是斋记》句：天假我一日，即读一日之书，以求其是；《畏轩记》句：读经而不治心，犹将百万之兵而自乱之。（甲戌六月）

抄录《孙思邈方书》句：口中言少，心中事少，腹中食少，自然睡少，依此四少，神仙诀了。（甲戌七月）

境遇耐得一天是一天，学问长得一天是一天，精神养得一天是一天，嗜欲淡得一天是一天。（甲戌九月）

尽力猛扑，将七阁、四库、三藏、九流、二氏，朗朗仓仓，

一齐装满布袋肚子内，此师南皮之法也。（同上）

不见己之善，惟见人之善。不见己之善，故所诣日进，惟见人之善，故无怨于世。（甲戌十二月）

特别喜欢"尽力猛扑"这一句，活画其读书信念与志气。

袁昶要扑向什么？四库、七阁，指清代收藏《四库全书》的七座藏书楼总称；九流，乃秦至汉初的九大学术流派；二氏，佛道两家。南皮，借代籍贯为南皮以张之洞为创始人的学派，该派以汉学、旧学为体，以西学、新学为用。袁昶的阅读，如牛饮，如鲸吸。如此写下阅读的贪念，他暗自笑起，耳边似乎突然响起《双射雁》中穆桂英的唱词："那绣绒宝刀仓仓朗朗朗朗仓仓放光明啊。"嗯，猛扑，唯有尽力猛扑，胸中才会有光明一片啊！

尽力猛扑而朗朗仓仓，越读越有趣，宛如袁昶就站在清丽丽的富春江边，沐着五月的微风，张开双臂，身子前倾，跟我摆那个猛扑的动作。

2

劲风又绿江南。

风起江南散文系列第二季即将面世。

通读书稿，满心欢喜，文丛的作家们也如袁昶先生一样"尽力猛扑"，他（她）们如饥似渴地扑向经典，努力汲取营养；他（她）们倾力扑向大地，扑向生长养育又骨肉相连的故土，尽情撷取自然的芬芳。他（她），身姿矫健，一路奔跑着穿过光阴，且行且歌。

陈曼冬的《我是陈桂花》，以笔名为书名，构思极其精巧而大显匠心。桂花既是芳香扑鼻的季节馈赠，也是一种温馨而甜蜜的隐喻，作者将细碎过往与缤纷现实灵敏打通，将自然抒写与独特体验无间结合，字里行间不时跃动着智慧、热情、温暖、善良、情趣。

陆建立的《在卫城》，以洪武二十年的卫城为观察中心，老街上的一屋一瓦，祠堂中的一碑一像，城墙上的一土一砖，河两岸的一草一木，古镇上的一人一事，作者都在尽力找寻，一座城的深度，不仅只是历史悠久的碑石与建筑，更是广阔而绵长的地理与文化。

吴燕萍的《一座山的秋色》，在山水间细细觅寻含情的草木，在古老的窄街上静观缓慢的流年，在清冽冽的江边相遇拂面的微风，在温暖的斜阳里感受人生的温馨，山的秋与水的春自然交融，人的心与字的魂贴切呈现，所有的所有，都汇成了疏淡的表达与浓郁的美好。

孟红娟的《家在富春江上》，以郁达夫的闲章作书名，诗意与文情并茂。富春江清丽的山水与两岸多彩的风物，富春江厚重而悠长的历史文脉，皆如烙铁般刻印在作者心上，细密而周到的叙述，阔大的富春山居场景灵动再现，这是陆游诗中的桐庐处处是新诗，这是叶浅予笔下的富春山居新画图。

沈伟富的《烟雨春江》，为我们刻画了心心念念的新安江烟雨图。这是一个赤子对故园的情感倾泻，山中落叶，平地羞花，从细微处欣赏一切。无论春夏秋冬，无论阴晴圆缺，新安江都是一幅看不厌的画卷，是一本一辈子都读不完的大书。朴素平实而饱含挚情的如数家珍，让人沉醉。

陈荣华的《爱亦有心》，游南游北，游东游西，作者以浓郁的兴趣、广阔的视野，尽情抒写眼中的大地风景与风物，并努力挖掘出另一层深刻的意义；钩沉往事，深情回忆，浸入骨髓的难忘经历，已经演绎成支撑自己工作与生活的精神支柱。我的卡丽娅妈妈。爱亦有心，有心就是爱。

羽人的《半墙明月》，用充满好奇的双眼，打探身边周围的一切，试着发现一粒粒尘土中光的质感，一株株芦苇在秋空扬起山茶花一样的洁白，叙述虽节制简约，却有一种横冲直撞的冲力。在庸常的万物中，用文字唤起人们对生活的挚爱，并找到能让自己生命为之沉静的安详。

柏兰的《山谷幽兰》，人生就是一场旅行，酸甜苦辣悲欢离合乃行旅途中扑面之风景，他乡风物，他乡人文，皆已经深植骨髓，他乡早已成故乡。今夜有雨敲窗，晨起院落梨花，将一地的心语写给自己，也等你踏香。乡愁与梦想与欢乐，茶与流年与岁月，一起慢煮。初阳升，幽兰盛，文字不老。

3

有人仔细统计了《诗经》中的草木虫鱼数量，计有：113 种草，75 种木，39 种鸟，67 种兽，29 种虫，20 种鱼。

我读过诸多关于《诗经》中草木虫鱼的书，不一一例举。一个简单事实是，这些鸟兽草木，只是赋比兴的喻体而已，我们的先人，想象力极其丰富，他们用这些喻体，隐晦曲折地表达自己丰沛的情感。

因此，对这样一部博大无比的百科全书，孔老师自然钟爱有加。

孔鲤从对面怯怯走过来，孔老师叫住了儿子：伯鱼呀，你仔细读过《周南》和《召南》没有？

孔鲤就怕老爸问，一脸茫然：爸爸，我没有读过呢。

孔老师感叹：唉！一个人如果不曾仔细读过《周南》与《召南》，就会像面朝墙壁站着的人一样啊！

面壁而立，不是面壁思过，而是说你什么也看不到，哪里都去不了。

《周南》《召南》都居十五国风之首，内容侧重夫妇相处之道，教育人修身齐家。孔鲤一定听懂了，他已长大成人，老爸这是要他系统学习《诗》呢，否则，怎么能适应这个社会呢？

孔鲤在父亲的课堂上，已经多次听到老爸这样教育他的学生：《诗》三百，一言以蔽之，思无邪（《为政》第二）。这里的关键是"思无邪"，"思"为发语词，"无邪"，没有虚伪造作，都是真情流露。诗三百，用一句话简单概括，就是真情两字。文学作品最需直抒胸臆，最怕无病呻吟。这也完全符合我们先人即兴的咏叹，面对残酷的生存现实，恶劣的自然条件，先人们劳力之余，依然手之舞之足之蹈之，自我找乐。

国风，大雅，小雅，周颂，鲁颂，商颂，三百一十一篇，皆为民众心底里喊出，在广漠大地上回响，宫商角徵羽，有时甚至响遏行云。

真诚希望我们的散文作家，对眼前的一切，猛扑吧，尽力猛扑！不虚假，不造作，用心用情善待所有，包括天地间的草木虫鱼鸟兽。朗朗仓仓，仓仓朗朗，听，美妙的旋律，从旷野上、烟波里、花朵中清晰传来。

壬寅桃月

富春庄

目录

第三卷　爱入膏肓

第一卷

种种天真

在什么都未发生的时间里

有人陨落

有人离去

有人无可奈何

有人依旧热爱

可爱种种

黄昏从不属于主妇。

那日下班迟了，才看到车窗外的落日。太阳的手指尖刚好触到一团迷糊的云。下意识地瞟了时间，五点四十三分。

太阳她俯视忙碌的车海与人海，狡黠一笑，出其不意地给手边的云换了个造型。

她把云做成一片凤尾鸢花瓣的样子，底下的花心紧紧收着，嫣红里飘着淡淡的紫，慢慢向上晕染开，花脉依稀起伏。在电线杆和窗格的片段中，这片花瓣和太阳一起，一寸一寸地飘落。

在它们落下的最后的那一个瞬间，我环顾四周，皆是目视前方的行者，没人发现这天边的秘密。

窃喜。

回到家，把幸运写在笔记本里，小心合上，似乎是黄昏与我做下一次约定。

小区林荫道上，两排路灯错落地站着。它们清亮的眼睛，一眨不眨地注视着大地，无论是下落的橘花，还是春夜大地上泛起的雾霭，都心甘情愿地被凝视，也都做出深情的回望。我怕打搅它们的爱恋，一个人小心翼翼地跑在光圈外的黑夜里。

窗下有两棵高大的玉兰，春天的时候一树雪白。我趴在窗上看，淘气的鸟儿比淘气的孩子幸运，孩子只能仰脸观望或是捡几片花瓣做小船。小鸟们有翅膀，轻轻一扇，就能跃上高枝，扎进花堆，在里面做梦，随便谈谈四海八荒。天空刚刚撕去第一张深蓝夜幕的时候，它们最闹腾。我总是被吵醒，睡意蒙眬地趴在窗上看。它们不是在采花蜜，也不是为赏花香，而是用自己尖尖的喙把玉兰花瓣一片一片啄下来，还扭动着滚圆的身子把花儿挤下来，直到一根枝丫上的花都折了，啪啦啦啦落了，才啾啾地叫几下，得意地跳开。那一次，正看它们胡闹，其中一只直直冲我飞来，啪的一声撞在窗上，落到花盆里。我惊慌失措地看着它，它也转过脸惊魂未定地看我，那眼神好像既有抱歉又有埋怨，似乎知晓我识破了它们的身份。我明白了，校园走廊上的那群孩子此时还游荡在梦里吧，春天的早晨，造梦人一定把小鸟编进了他们的梦里，带他们飞上了玉兰树，小鸟的梦没有那么多的正确。所以每个孩子醒来以后，就啾啾地唱起歌，开始无忧无虑的一天。

在城市边缘的一条小道上随拍，看到绿化带边站着一个小毛孩，穿着鼓鼓囊囊的黑棉袄，眉头紧紧拧着，似懂非懂地翻着一本书，认真到没有察觉近在咫尺的快门声。

一个男人憨憨地走了过来，站在一旁看我拍照，也穿着一件脏兮兮的黑棉袄。我抬头一看，店铺招牌上印着大大的四个字：

废品回收

底下是一排醒目的电话号码。

脑海中涌起许多招牌的样貌，万达广场、弥月料理、小强副食……唯独这家"废品回收"连个勉为其难的名字都没有，想必老板是没在生意场上多花一丁点文字心思，却养着一个爱看书的小孩。

路边停着他家的一辆废品车——常见的那种三轮摩托，各种废旧纸品层层叠叠地码在车斗上，用两三条麻绳固定着，像极了一个身材臃肿的驼背老人，还要扛起孩儿的被褥，准备趔趄前行。

见我拿着相机拍，老师傅不好意思地笑了："这有啥子好拍的？"

"老师傅，您看"，我指着那些像层岩一样密密堆叠起来的快递纸板箱，红色的礼品包装箱，花花绿绿的水果包装盒，还有一摞摞书本、试卷，说："您这一车从上到下都是故事，值得拍！"

他走过来，怜惜地拍了拍那叠书本，说："可惜了，把这些书给娃儿看，不喜欢，只好卖了。"

一个城市的可爱，总是展现在那些角角落落里为了抵抗命运而忙碌的凡人身上。

道谢离开。我想象着那些书的前世，它们曾在怎样的书桌上被清风、阳光与主人眷顾，又会像落叶一样，滑入到哪个人的生命里，并给他那首匆匆向前的诗行，画出意想不到的、情意深长的、可爱的停顿。

夜快深了，儿子还待在房里写作业，一个多小时没出来活动。进房一看，他猫着腰趴在学习台上，左臂揽着作业本，右手打字机般嗒嗒嗒地做演算。

原来作业本底下还藏着一本"私货"——《汽车之友》。

心爱的书被我猝不及防地抽走。他愤恨地盯着我，像一匹草原上正在掠食的野狼。变声期的声线本来就像被石块拴住，直往低沉处落下，而现在沸腾的委屈又像熔岩一般向上突冲，在长长的脖颈里做出激烈的搏斗后，语无伦次地向我喷来："凭什么收我的书？你！有什么权利收我的书？现在！你！不仅误解我，还要限制我！你以为你永远就是对的！"

余音里，他的大手握成拳头砰砰地捶着桌子，膝盖又想把桌子顶翻。青春期的孩子可怕极了，连桌上的台灯与窗上的月影也被吓得打了好几个趔趄。

等他洗好澡，我泡了杯牛奶进到他房间，想缓和后再和他聊聊。可一杯牛奶递到他跟前，他的眼睛已经红了一圈；还没等我开口，小伙子就张开怀抱，满怀歉意地说："妈，对不起！是我叛逆期到了，控制不了自己，你要小心点。"

我扑哧一声笑出来，明明是他发脾气，做妈的为什么要小心点？唉，怨自己养了一个这么呆的儿子，接受道歉也变得无奈——道歉里还夹带着一种威胁。我心里摇头不已。

退回自己房间，回味那句"小心点"，倒发现他说得也没错。青春期迎面撞来，当母亲的，的确是得"小心"些。

可怜天下父母，为孩子总有操不完的心。管得越多，护理得越周全，心的占地面积就越大，可想而知，投影给孩子的阴翳也会越大，越黑沉。是时候，把自己的心收一收，腾出一点空间给随意游荡的空气，给自由飘浮的尘埃，让本该有阳光的地方照进几束阳光——这么一咀嚼儿子的话，倒又有了些许诗意。

况且，根据能量守恒定律，尊重不会凭空产生，也不会凭空消失，只会由一种形式转化为另一种形式，或是从一个人转移到另一个人身上——向来仰头看我们脸色长大的孩子，到了青春期，也该轮到我们大人仰头，小心翼翼地看他们的脸色行事了。

或是相互自观。

你小心点！——真有哲理——简单明了——呆人的一句呆话！怕是得让我好好铭记了。

墙板那边他房里传来了喃喃自责，我笑了，先前的"可怕"，不过是一颗石子丢进了湖里，却漾开一圈圈叫作可爱的涟漪罢了。

以上的可爱种种，都是读了张晓风《种种可爱》产生的遐想，尤其是这句话，印象颇为深刻：

我记得住的而且在心中把玩不已的全是这些可爱的片段，这些从生活的渊泽里捞起来的种种不尽的可爱。

还有那两句：

把幸运的人丢到河里，他都能口衔宝物而归。

有浪但船没沉，何妨视作无浪；有陷阱但人未失足，何妨视作坦途。

可爱之人处处值得玩味。

不过，你若可爱，生活处处也皆可爱。

种种天真

　　曾经，男孩爱在床上画"地图"。

　　天蓝得深邃，云朵大团大团浮游。

　　男孩捧着薄被去晒台，把一团团洗不干净的渍迹摊开，欢天喜地。

　　妈妈，你看，天——真客气，要帮我晒被子呢！

　　在男孩的心里，"天"原来是与我们毗邻而居的大叔大婶。可我仰头看天，怎么也不能把这片广袤的太空想象成任何一个邻居的样貌。在我们的教育经历里，天大多是位飞神或上仙，若是一个凡人——我盯着那厚实的云，依稀看到西斯廷教堂的穹顶画中，赤身裸体的亚当正伸着手指，等着被神点化，也并非凡人。

　　他笑眼盈盈地看着云朵的影子在他黄乎乎的小被上印下不同的图案。

　　因为天是人，"气"也沾上了人的面目？天变得客气起来？傻气起来？娇气起来？垂头丧气起来？奶声奶气起来？

　　孩子煞有其事地点点头。

天真，原来是个九又四分之三站台。

一

天有异想的时候，比如一时兴起要做道面食，见风闲散着，就令它先去和个面团。

风一向尽职，出了门径直往人间烟火的方向，眼见樟、栾、桂、槐诸树树冠浓绿肥厚，就一把捏过，使了力地按、揉、捏、搓，一时间粉屑漫天，乌烟瘴气。天见状又从海上挥来几团厚重的云，随意泼洒百十毫升的水。天为刀俎，我为鱼肉，人间战栗。顷刻间荷叶颤抖，苇草伏地，柳诛桩拔，澜倒波随，一切皆为佐料。

风雨的吟啸里，以为一切都会失去骨气。

不尽然。

单看那密密的竹叶丛中，一杆小竹上栖息着一只蚱蜢。平日里一有风吹草动，它就警觉得像装了弹簧似的不停蹦跶。此刻，风雨正在摧毁这片林子，蚱蜢却贴伏在竹竿上荡着秋千，摇曳舒展。那杆竹子上停着的蝗虫也是，圆头圆脑的，只瞪着眼睛盯着风雨。

不避讳风雨的还有竹牛。气质如牛的昆虫一定有许多过人之处。它们停在纤细的笋芽尖，气定神闲，枯黄的身体和竹节一般细长的足须在大风大雨里涂了蜡似的油光发亮。竹笋饮着上天的雨露往地上拱，竹牛就瞅准了最嫩的几株尽情啃。它们全身心地沉浸在享用美食之中，丝毫不忌讳风雨的入侵。同行人知道它们是勇士，如果和它打架，它会毫不犹豫地舍弃自己的一条腿或者一根胳膊，丢到你手上，然后趁你惊愕之时，不见踪影。

黑蚁们聚在竹笋尖上，刚孵化出的蝴蝶在竹叶下收拢翅膀。一片小小的竹林，蛰伏着许多生物，它们不用向谁毕恭毕敬、俯首称臣，等待风潮过去，一切自会熙攘如初。这是它们的王国。

最天真的人，有时是最高明的。

二

菜园里种着三种瓜，南瓜、丝瓜，还有地瓜。

我腾出一个闲日去菜园。日上三竿，那里竟传来此起彼伏的鼾声。知了们喊着别吵，站在最高的枝头偷听到它们的梦话。

我一听，笑了，净是些傻话。

醒了没。再睡会儿。

睡了没，再躺会儿。

吃了没，再吃会儿。

三个傻瓜还在打鼾。

南瓜匍匐在菜园的最角落。只要有点儿土，就能结出瓜，从来不需人侍候。曾经它的花苞拉着想心事，被摘去几朵，滚上面糊，油里炸去了，它也不恼，继续爬它的路。深一脚浅一脚地爬进旮旯地，翻上河滩，就是没想往高处爬一爬。它说它的皮又皱又糙，长得不讨喜，又不懂保养，挂在梢头配不上灯红酒绿。躺着就好。

丝瓜，总是活泼泼的。看上去细嫩的藤蔓有一圈圈刚毛，铁丝网上缠一缠，院墙上绕一绕，每一步都登高，每一步都欢欣。它的花儿得了阳光与月光的吻，一开起来就非常忘我，明艳开朗，虫儿们都爱围着它转。忽然有一天，藤挂上了瓜，水灵灵的，清浅一笑，让人忘尘拜服。但它晃啊晃，着急想落到地上，却不小心说出自己的秘密竟是恐高，说穿了也是深深热恋着大地。

地瓜呢，三个字，埋没了。它却说它厌倦干戈，隐居在泥土的幽静密室里，在黑暗中尝试用根系思考天地，心儿比红头白日下奔跑更敞亮。它心甘情愿。

它们在一个菜园里，在众多的瓜中，认出彼此，并互相照会。

它们说话放肆，举止怪诞。比如一起听蝈蝈的夜曲，仰望星空，哀叹每一颗流星的陨落，愤恨每一个脚印的无情；一起嗅闻空气中的腥味，并发表对提高土地肥力，促进植物生长等大事的高论；或许还趁着一个月色寂寂的夜晚，唱着故乡的云，纤夫的爱，拼命长，拼命长；也用自己憨憨傻傻的姿态，互相送去遥远的鼓励。

瓜熟与蒂落，在常人眼中如一枚射出的飞箭，一朵落下的烟花，倏忽一瞬。却不知这两者之间还存有一段美好的时间罅隙。这道时间的裂缝，一般人无心发现，无暇留恋，它们却自在其中。

一旦有风，它们的枝叶就松开藤须扑扇起来，像是飞鸟张开双翼，遥相应和，引颈齐舞。大雨来了，云涌尘飞，钟响磬鸣，它们大喜，举叶为盏，承接天际的欢露，挥蔓共饮。

这种时刻，不同于生命最初的朝气和光鲜，也有别于半熟时甘涩的糅合。时至秋日，每一个瓜都不再惧怕烈日暴雨，不再惧怕干旱洪涝，不再惧怕黑暗，因为它们的身体里已经奔流着最浓郁、最饱满的汁液——天真与世故，是那么天衣无缝地融合在了它们身上，使得它们的每一片瓜皮都在成熟，要不绿意盎然，要不金黄烂漫，响当当地脆。

而且，它们这种年纪的瓜都生出了一种悲悯心。勇敢拒绝农药，享受小生灵的簇拥，甘愿不谙世事的蚂蚁蚜虫啃咬自己，吮吸汁水，又为蜂蝶蚯蚓遮阴蔽日，还借着微风，用细密的绒毛轻轻抚摸爬虫的项背，投去爱怜的一瞥。

它们柔软的根须都不断地伸展，向下，向土壤深处汲取营养，然后把精华，把自己呈送给众生，毫无保留。它们知道那些智慧、思想和情感也会随着每一种生物消化器官的咀嚼，在另一片土壤上生根发芽。

总的来说，它们竭尽所能地庇养着虫鸟，喂养着生灵，成就了这片土地；也安分守己，勤勤勉勉，实现了用绿色覆盖整个菜园的辉煌成就。

听上去似乎太过伟大。

谁知道呢，每块地里都有几个傻傻的瓜。傻傻的瓜最懂得热爱，这是它们的秘密。

三

早自习。

远远看见教室门边探出一个小脑袋，可爱的栗子头，大大的黑眼睛，又是他。小家伙一见老师板下脸孔，立即大惊失色，缩回脑袋，逃进教室去了。

教室里书声琅琅。只有他呆坐在位置上，大眼睛惶恐不安地盯着我。喊他到讲台边来询问原因。小家伙的眼睛红了一圈，水汪汪地看着我，说不出一个所以然来。

在教室里巡了一圈，又走回他的身边，摸摸他的栗子头，看着他的大眼睛，再问他没参加早读的原因。

小家伙看到我温和的神色，胆怯地说：今天阳光特别好，可老师您还没来，我想到您办公室去，与您说声"早上好"。

当我把花盆揽在怀里，得意地向孩子们宣称这是我的心肝宝贝时，教室里响起一片天真的惊叹。一盆小小的文竹，在短短二十天里，竟以撩云的势态，抽出两根一人多高的新芽。它们颤悠悠地互相倚靠，向天顶冲去，芽尖挺得直直的。小家伙们看得瞪大了眼睛。

我原本期待孩子们把这盆文竹变成一首童诗。

可刚下课就收到了告状："他在拔文竹，而且还不听劝。"

才不到十岁的孩子，摸摸文竹羽叶何尝不可，只不过好奇罢了。我无动于衷。但教室里吵成一团，探头进去，见他的小手紧紧攥着文竹细嫩的枝条，咬牙切齿地想把它连根拔起。旁边的小女孩急得快哭了，几个勇敢的男孩儿冲上去抱住他的身体，缚住他的手。可小家伙还是不依不饶，拽着文竹的枝条不放。

天，文竹的枝条虽然孱弱，上面的竹节也有许多细密的小刺，细嫩的小手紧紧攥着这样的枝条，不疼吗？

老师，痛的，他摊开红红的手说，但是我更想看看它的根，看看底下究竟有什么，能让它长得这么高。

幸亏我没对这些天真恶语相加，不然，我在教无邪的孩子分辨善恶的时候，自己就充当了引诱的魔鬼。

我想起我曾流连在七月的梅雨，听过它们的回声。

梅雨被云含着，捧着，满了，就直直落下，穿过每个人的悲伤与茫然，带着自命不凡。落到紧绷的伞面上，它们啪嗒一声，腾起又滑下；落到坚硬的雨篷上，它们干脆地喊一声疼；落到新萌发的藓丛和平静的水池里，它们心甘情愿，杳然无声。

多年前的二楼琴房，梅雨以同样的方式落下。但落在窗外的芭蕉上，嗒啦嗒啦，像敲击琴键，余音聚拢，再坠下去。看着叶子变得饱满鲜亮，我的手指尖也似乎点染了葱绿，琴弦和雨声遥相应和，如两股涧流汇入小溪，悦动起来。余音里，细细听，还有哒哒的、不为人知的、水与绿融为一体的声音。

同样的梅雨，在人世间会遇见不同的回声。

遇见什么样的人，会听到什么样的共鸣。

遇见的是时间，听到的就是自己的心声。

如果常听天真的声音，也会得到天真的回声。

四

以为是起了淡紫色的雾霭，落到脸上的却是不着痕迹的秋雨，无边无际。

桂树下铺满了花的眼泪，一粒柿子也应声坠落。不眠的夏蝉曾在这片草地歌颂过天空，现在只有一只促织的寒鸣带着留恋吟咏大地。起音绵弱，尾音随雨落下，晕开，不知不觉沉入深邃的土地。

湿润的草叶和潮湿的土地升起一片暗沉的香气，是鹅掌楸与朴树叶枯萎的芬芳，还有飘过一个小城的稻草气味。

此刻，我不想再去找那些很强、很硬、标准很高的东西去试探和碰撞了，我像是从遥远的异乡一路颠簸，回到了自己的小屋。进到卧室，爬到床上，蜷缩起身体，闭上眼睛，吐纳夜声。我感觉到肉体、灵魂和空气一样年轻、纯净、饱满、轻盈，墙壁消失，楼宇不再，我与自己尽情相拥，在夜色里闪闪发光。继而，像流星一样滑过一个闪亮的梦。

我想在这样的秋夜睡去，直至第一个冬夜醒来。

我从来不想掩饰天真。掩饰天真是最残酷的自我糟践。

第一个冬夜。风雨稍歇，水淋淋的石板地上一片寒光，湖面还心有余悸。

天地肃然。

梧桐站着，枯黄和暗绿在叶的两端拉扯；朴树怅惘着，落满冰凉的眼泪；没有一片花瓣在为秋天祈祷。

秋已身心俱疲，无力挽留什么，她任由叶片簌簌落下，胡乱地撒满一地。

一地落叶通往湖的深处，这是一群怪兽留下的脚印，它们正在张皇地逃跑。脚爪被雨水沾湿，脚印无奈留下，一地都是苟延残喘。掀起的风掐灭我刚擦亮的呼喊，我眼睁睁地看着它们凄厉的啸叫像齿锯一样划过空气。在最后一刻，秋放弃了抵抗。

无边无际的雨落下，其实什么都没有发生。

在什么都没有发生的时间里，有人陨落，有人离去，有人无可奈何，有人依然热爱。我湿漉漉地站在湖边，惊诧我看见的确实是时间的脚印。暗自庆幸，又暗自悲伤。

不知谁说，天真的人不代表没有看见过黑夜，正因为熟悉黑夜，才知道天真的好。

原来天真是个九又四分之三站台，进入需要机宜。

无知者身体太沉，飞不过现实那座高山。

守　拙

太白山麓，天童禅寺。楼宇九百九十九间。

东面隅角一小间。茶房。

安放尘世，脱鞋入内。

竹帘隔断，帘下茶案摆一褐釉双耳三足香炉，檀香幽袅。

帘后，是一山字结构茶室。室外庭院白墙围拢，铺青卵石，栽柏松二三。

环视。偌大的茶室，只有一蓝袍小沙弥席地端坐，胸前的檀木佛珠泛着温润的光，清澈的眼神里有与年龄不符的沉稳。

拘束地对坐，轻轻屏住呼吸，跳动的心房用双手捂住。

仿佛是一场神圣的宗教仪式。小沙弥取出白色绢巾，折成小小的三角，依次拭擦茶罐、茶勺、清水罐、茶碗，再依次放好。

如此安然。

闭目静息片刻，小沙弥取茶勺挑一小尖茶末，轻点入茶盏。一手执水壶，往茶盏注水，只轻轻一叩，两三点露水，便稳稳落到茶盏中央；另一手持竹条茶筅，有节奏地拂动茶盏中的茶汤。

唰，唰，唰。

顿挫有声，平稳肃然；又有弹性与张力，在纵深的空间里回绕，传回余响，恰似窗格上挂着的六七联书画中最稚拙的一幅——"太白松风"。

如此点茶、注水、击拂，往复十余次。小沙弥的眼神怡然、闲定、静和。

凝神而视，茶盏釉黑、筋脉细密，如兔身毫毛；茶筅拂汤，汤乳浮动，如雪似花。

惊叹，不正是苏轼笔下的"浮雪花于兔毫"？

小沙弥抬头轻和：

然，兔毫盏。宋代点茶法。

电光火石。东京梦华。

师父您几岁？

二十五。

这便是您每天的功课？

对，一日五次。一次三刻。

秋日有艳阳。

黛青的山，连着茫茫的稻海。樟溪围抱，闪着星光。

田里，一白衫老汉正在翻地。稻茬码成了垛。

心生好奇，秋天，能种啥？

他道，种浙贝呢！噶许长的冬天，田地荒着可惜哪！孙儿咳，浙贝好。今秋下的种，来年开春收，不耽误种稻，一带二便！

肤色黝黑的老汉咧开嘴，笑得很憨。

大地敞怀，任人取索。黄色的沙土被老汉一点点翻松，一畦地又散发出与稻香不同的鲜意。

松好地，老汉又从竹篓里翻出一捆麻绳，系着绳头的橛子敲入土地，放线走去地的那头固定。侧身，蹲下，站起，又在田垄两头来回踱步调整，直到把线标直。

只知种地需要翻、播，看到这一幕，惊讶极了。

老汉笑了："种田人要把每一畦地拎直，才不会被人笑话!"说着，提起锄头，把画在线外的沙土一一翻回、犁直。顺着田埂线远望，一排排稻谷，向山脚笔直延伸，线条规整，比蒙德里安的风格画更有节奏。

他搬来一把小板凳在田头坐下，一箩浙贝放在前头。浙贝五六瓣一团，看起来比蒜根圆一圈，更紧实、饱满。

小锄头刨开一排土，十多厘米深，五个贝种稳稳排齐。它们来不及告别今秋最后的阳光，便被填埋，从此进入生命的黑暗与辉煌。

就这样刨开、放贝、埋土，每种完一行，老汉的身子就往前一倾，小凳往前一挪，一箩贝种往前一提，在空荡的天与地之间，在那条长长的田间地垄，慢慢地前行，像斜阳的脚一小寸一小寸，留恋地走过最后一片土地。

老师傅，您今日种下的这一箩浙贝，明年能收多少?

他扬起头，说："浙贝笨哪，一生二! 种下去的贝种出根后就腐烂了，明年生出的两个，一个收，一个继续种。"

道生一，一生二，二生三，三便生万物。但是辛勤的耕种，大地与浙贝给予老人的收获，却仅仅止步于：

一。

尘世里，鲜活的生命为求不虚度人生，极尽享乐，而未经世的少年，将终身交付给一方安静的茶房，你，可曾后悔。

这些愚滞的贝根，像海浪一样粼粼起伏的周而复始孕育新生命的土地，与这片土地上安顺天意的老人，你们可曾知道，不远的城市里头，熙攘的人群为争蜗角虚名、蝇头微利，为获得即刻的满足，为尽快到达心里的彼岸，在进行怎样的豪夺、巧取与跃进。

或许，你们的姿态，才是万事万物应该有的姿态。谦卑地、耐心地、徐而不疾地，甚至是有些固执地守着很多人不能理解的至拙，缓慢生长着。

其实我们都明白，很多时候，至拙能胜天下至巧。

我们都该做个农人

　　新建的居民楼下，贴着新拓的马路街沿，竟然挤着长长的几分地。半边是疏疏拉拉的油菜，角落围了圈矮矮的倭豆花；另半边地还是个喇嘛麻子，拱起的黑泥埂上排着队撒了好几窝子松散的黄木屑。

　　一个老汉弓背闷头，挥着小锄把子，蹲在麻子地里。他控着力道落下锄子，掀起木屑底下一小锹土，又用沾满泥巴的手在那小坑里轻轻扒拉。挑出了什么宝贝，自怜自艾地笑了笑，小心翼翼地攒进田埂边的可乐瓶里。

　　"老爷爷，您这是在淘金子哪！"男孩好奇极了。

　　"对呦，你看，已经攒了半瓶金豆豆喽。"老汉抓起瓶子，冲孩子扬了扬。

　　瓶里是豆子，老汉一摇，它们就呱啦啦地唱起歌来。

　　"上半晌从市场买来毛豆种，一到田里就心急火燎播下了。你看看，一只洞坑两粒豆，一窝木屑盖被头……"说话间，老人怜爱的目光铺到这畦麻子地上，好像是刚帮孩儿们暖好了被窝，正乐和地瞅着他们在里头闹腾。

"那您为什么又一颗一颗挖出来啊？多费劲啊！"男孩不得其解。

"年纪大喽，每天关在家里忘记数日头，只看着天暖，毛估估可以落种；结果种好回家一看，才惊蛰，早了半旬啊！"老人又埋头淘起豆子来。

短短的两畦田垄上，还有几十窝黄木屑。男孩想讨巧，建议老人直接盖点稻草暖着，或是铺层薄膜护着，就不用费力挖豆种了。可老汉一个劲摇头："不行不行。没几天好相差，这点豆种撞上最后一轮春寒发芽，再保暖，也是长不大结不了多少豆的。白白浪费，造孽的啊！"

男孩嘀咕，这么几颗豆，烂了就烂了，过几天再种一批，不就得了。

老人闷不作声。

是呀，这一小瓶豆子，若是配上些萝卜丁、玉米粒，烙成个圆饼，再撒上点糖粉端到餐桌上，才不至于被我们冷落。

男孩默默地蹲在老人身边，怜悯地看着他。

老人转过打满褶子的脸，认真地对他说："这一粒种，是一条命，要让它们好好活着。"

男孩愣了愣。继而伸出细嫩的小手，帮老人扒拉起木屑来。

这位老人，似曾相识啊。它山堰边小小的春田里，他们曲背躬身，用剪子一个一个地在薄膜上剪出小圆口子，因为新出苗的芋艿芽既要保暖，又要透气；亭下湖边飘花的春坡上，他们带着老婆和狗子在除草，说坡地荒着可惜，种几株樱花树，让土地知道自己还活着……别样的春天，总绽放在一个个普普通通的农人手中。

林清玄说，生命是写在水上的字，但似乎我们身边的那些农人，哪怕已经被城市挤进了犄角旮旯，都还在用自己的生命倔强地爱着这些水痕，让它们漾起一圈圈不息的波纹。一枝独放不是春，不是诗人的他们，用千百年来早已悟出的至理，让每一粒种子都在他们宽敞的怀中，顺时顺理地书写自己的春天。

你仔细看，他们把年复一年的春天都装进了明澈的眼眸里，这蒸腾着水汽的早稻，雀跃的油菜和羞涩的白樱；在他们的眼眸里，山在低语，水在轻吟，还有沟渠里的泥鳅正在拱动夏天的闷热；哪怕是调皮的孩童打落一树的桃花，他们也是笑着怒喝："去。"

我们呼唤百花齐放的春天，是召唤春风的照拂，春雨的滋润，还是春雷的呐喊？你我都知道，没有对每一粒种子的珍视，没有对每一个生命的呵护，春天又怎能万紫千红？这是一个田垄上的微小故事，可放大到一个城市，又大到一个国，每个生命可都是种子了。每粒种子都在被更大的善念呵护与善待吗？

豌豆种子有父母的推力能落地生根，莲子也有坚硬的铠甲去抵御流水的无情，可卑微的蒲公英呢？它们扇不动最轻的羽翅啊。它们落在荒野，落在城中，落在病床上，若赶上平常时节，就活了；但若赶上一个特殊的年景，赶上了一场瘟疫，或是一场战争呢……

说来可叹，我多么希望别样的春天就是真正的春天。

我们都该，做个普普通通的农人。

"啊哈"

为了照顾家里那个贪睡的男孩和患上班迟到综合征的我，我们只好在学校附近另安了一个家。

二十岁左右年纪，听上去豆蔻年华，但对于水泥房子来说，能美妙到哪里去呢？不过是一些反复修补的外立面，污浊发黄的雨水管与锈迹斑斑的铁栏杆罢了，还有什么能让人萌发出家的归属感呢？

是的，是那些树，那些肆意的浅绿、暗绿、青葱墨玉似的绿，以及出其不意的春花、夏花、秋花与冬花的鹅黄和灼红，还有风里草虫与泥土的气味。

在这样的小区里觅一处安身之所并非难事，也非易事。所幸，这套居所我一眼看中。当我在巴掌大的屋子里巡视一圈后，我的眼里便不仅仅只有拥挤的床铺、潮湿的粉墙和泛黄的板壁了；我的目光还牵连出了四季的遐想：我看到风在房里畅快地呼吸，春来它们南进北出，秋起又北进南出；我看到冬日的阳光爬到床头，摊到铺上，夏天嫉妒的雨水也会不邀自访，啊哈。

我看到北窗下立着的那排枝柯横逸的关山樱，粉白的小圆瓣儿会在暮春的某个十四天里顺着上升的气流涌进厨房的小窗；我看到南阳台下两棵胖胖的文旦树，会在某个夏夜吐出洁白而厚朴的小花，并从花蕊尖滴落一颗颗沉甸甸的花香；我还看到月浓露深的仲秋，两层楼那么高的桂树默默地完成花胎的孕育，转眼角落一丛蜡梅开始在冷雨里不自知地开放。随后，玉兰出落得一树白雪，装点了窗棂，而春鸟飞落又开始点数花瓣……

啊——

哈。

当下签付定金。有一种窃喜难以启齿——这窗外的景致便是我心中的福禄寿喜——四时齐全。

人生四时皆风景，岂让闲事挂心头？

一切安顿下来后，又在窗台栽下山里淘来的金银花、兰草、野生瓦松、苔藓，干脆让绿更肆意些。

眼下，家与学校近在咫尺，男孩多了足足一小时的睡眠时间；原本也以为我的一切迟到即将交付烟云，但往往事与愿违，心诚不灵，触目可及的单位依然因为种种流连而远在天涯——

有时因为一棵银杏。它们向来都抒情，初春的可爱却鲜有人知。你抬头看它们的嫩芽，刚从枯死的枝条里挤出来，就密密地连成串，毛茸茸的，紧紧挨着。我看到春天的风又在四处漫游，拂过它们的时候，会不会被筛出一头细长的绿发？而且，我常常听到雏鸟在银杏叶里着急地叫唤，估计是这些可怜的小家伙，才学会站稳身子，就寻思着飞出去闯荡。它们看了看密密匝匝的银杏叶，又低头看了看自己的身子——太圆太肥，只好扭着身子一个劲地钻啊钻，被叶儿挠到了痒处急得咯咯儿笑——啊哈，我笑着踱步，在最后一秒余味未尽地踏入了校门。

有时因为临出门前瞄了眼窗外初夏的蜡梅，就像看见老朋友在楼下经过，赶去知会一声。蜡梅叶油绿透亮，用漾漾的眼波凝望癯瘠的枝柯。叶子清瘦的身骨还在微微翻动，似在比画什么。呵——大约她们又在用整一个夏天，精心预设每一朵花苞在冬日绽放时的位置——我忖着踱步，在最后一秒魂不守舍地踏进了校门。

有时又因为路过海棠林，看到有爷孙俩在树丛里钻着。小孙儿捧着白纸盒，似乎冲了我一笑，七魂被勾去了三魄——探头张望白纸盒里的玩意儿——竟是蝉衣！

七月盛夏，小区里的蝉必爬杆起义。头蝉一声号令，每棵树上密密的叶缝间把守着的重重伏兵，即刻编列成阵，发出一阵延绵不绝的歇斯底里的呐喊。想到日本战国时期的信玄之师，上阵杀敌前必喊《孙子兵法》里"风、林、火、山"四句口号，威震沙场，让织田、德川家族不战而退。七月的蝉队就是如此阵仗。

蝉鸣已然织成密不透风的大网，捕获了整个小区。那些整日闲来无事，数果子、聊大天、吹飞牛的诸鸟如临大敌，那些夏起只顾着集体求偶的诸蛙也如临大敌，更别提那些游兵散将似的蝈蝈了，一律不战而败，丢下那些卖唱的乐器，找一个角落隐匿起来，徒留一地"竹笛京胡，笙竽埙箫，大号小号，大鼓小鼓"，场面好不狼狈。

年年七月，胜利的必是浩浩荡荡的蝉队。"蝉联"一词，想必便是如此得来。

　　孩子爷爷递给我一件蝉衣，说，夏蝉蛰伏地下七年，只换取七天灿烂，这蝉衣就是生命的最后一程。他陌生的北方口音，带点悲悯。我握着蝉衣，看到它的背后裂着一道神秘的缝，钻出这道缝，蝉便由黑暗见得光明——但很多生命注定不是喜剧，蝉一生百分之九十九的时间都在暗无天日里度过，以为孕育出翅膀，就能一振飞天，最后只能栖身叶间，仰天长叹，完成生命的绝唱。

　　此刻耳畔的蝉鸣响起，不再是打声杀声，而是悲怆与庄严的静穆——啊，我握着蝉衣，在最后一秒心有不舍地踏进校门。

　　当然，小区里还有许多"神树"，又让我频频慢下上班的步子，比如中庭那棵长相像桂树的槐树。此树在小区的作用和意义相当于早些时候每个村口守望归客的还乡树，使人几里之外一眺而得；但形态却不如它们缠绵悱恻、冬苦夏盛，而是如威武大将军壮实的腰身，终年挺拔肥圆。

　　每日上班时分，这棵神树下总围了圈老人。他们身着斑斓的彩衣彩裙，踏着周而复始的却并不循环上升的小曲，一圈又一圈地围着树转。凭虚御风之姿尤为动人——左掌捧着心房，右手虎口张开，翻向树干，仿若发功——掌风顺势推出，汇集交融，盘旋而上，震得一树的叶子唰唰翻飞。我初只呆看他们整齐划一的步伐与手势，心想这必定是在举行一场庄严而神圣的仪式，比如祈祷，不过当我走近听时，却先传来了风儿乱颤的笑语。再细听才得知，他们口中念念有词的，不是佛祖，也非耶稣，无非都是些家长里短，什么儿媳妇昨天买了对耳环啦，小孙子考试前吃了两个土鸡蛋，得了满分什么的。

神树之所以神，估计就是日日受这群老人的掌风所滋养、笑语所陪伴，还有受到大小行星簇拥环绕般的礼遇，如太阳般不断蓄势，不断勃发，向上向大向圆，长成了一棵大桂树的样子。——哈，我笑着走着，赶在最后一秒意犹未尽地跑进校门。

每天还有一只落在枇杷树上人来未惊的白头鹎。

一簇落在露珠上的光影。

一树的柚子，像团星系。

一地的海棠。

一个在楼下卖笔不收钱的农民工。

每个厨房飘出的烟火香。

……

为了每天能留出充裕的时间提前抵达学校，有一次我终于决意不再左顾右盼，不再流连不前，打定主意要专心致志地走路，便想出一个数着步子走的法子，认为按部就班地走，就能稍微早些到达。但事实很不顺利，一直低头看脚走，下楼的时候瞥到掉落石灰的墙角，似乎是一幅拉斐尔的岩间母子，搜肠刮肚未果，先拍照留下念头，这便就忘记了数数；有次，数到第九十六步的时候，看到水泥地上被昨夜风雨打落的樟树枝，两片叶子像翅膀般挥着，俨然是《赤壁赋》里凌万顷之茫然的仙人，又蹲下身子反复调整角度留影，结果还是被逗留在了上班路上。

这样日复一日，似乎已成为一种习惯。

当我指飞如蝶，烂漫文字至此，男孩从身边经过。他背着手，眯着眼，像个质检员似的挑着眉毛，说，啊哈？这想象太离奇，是——无中生有。

我并不恼，在他的眼里，这些文字就是一种不着边际的天方夜谭。

但于我来说，这一切是场心智漫步——短短的上班途中随时随地可能滑入的白日梦状态——恰恰是我最为自由且舒适的时光。校园里应接不暇的任务，孩子青春期种种出乎意料的叛逆，以及那些修理空调电扇、拾掇卫生等琐杂的家事一律放下，我关闭了心里随时监测外部动向的"雷达"——所有以目标导向为任务的"外观"系统，这些曾让我的步履和思维日日夜夜汲汲营营，奔走不歇。

而当我打开"内观"系统——放出心里那只关着的灵鸽、爬虫、麋鹿，或者是狮子，把知觉安在一棵树、一朵花、一片云、一条溪上，只用它们的感官去触摸这片时光，只与自己对话——我体会到了一种明澈与透亮，似乎脑中长时间被黯淡的那部分，逐渐充盈新鲜的血液，显现出了光泽。而它们之间自由而畅快地联动，使平日里未意识到它们存在的事物，比如树理所应当的绿，比如城市潮汐般的人流，各自独特地被感知，重新被认同或怀疑，并在它们彼此之间、与我的过往之间建立意想不到的联系。

星河烂漫，流光皎洁。

与外在的噪声相对的是内心的宁静，我没有办法让内心的杂质消失，但可以试着让它们沉淀，浮现出一种清明的状态。在这样的宁静里，思想清晰了，新鲜了，安逸了，那些无意识的，无穷的，莫测的，像山烟、水雾、林泉一般的思维流动被一一捕捉，这是一种美妙的体会，是在无和有之间，独处时宁静的警觉。

或许这也是那个童话故事里的兔子洞的隐喻——勇敢地跳进去，发现种种不可思议的"洞见"。

那么你走路的时候在想什么呢？我转过头问男孩。

我在想我的世界，啊哈！

一本正经

如果说一个母亲的自我在厨房，那么很多孩子的自我在卫生间。他们在卫生间里看书，唱歌，在镜子上画鬼脸，剪下一撮头发，把牙膏涂到洗手台上，挤青春痘，拿花洒浇楼下的花草，把神仙水和洗手液调配成一种药水杀害一只飞蛾，睡觉。当然女孩还会用口红把自己的樱桃小口画成血盆大嘴。

可以说，当孩子进入到卫生间的那一刻，才是卫生间最闪亮的时刻，因为卫生间从来就没有意识到自己还有这么多种存在的可能性，比如书店、舞台、画室、理发店、游乐场、跳水台与实验室，一间零压力的睡眠舱。我总建议新装修房子的朋友，不仅要把厨房布置得妥妥当当，还得把卫生间装修得有格调。

我总以为是孩子的天性如此。后来渐渐发现，那些水、镜子、化妆品共同处在一个相对狭小的空间里，也会像孩子一样具有变数、可塑性和生命力，能轻而易举地激起一个孩童的天真。

但最后，当卫生间的门紧紧关闭了很长时间后，我总会失去耐心，这才发现原来是孩子夺路而逃，被我逼进了卫生间。

后来有一天，我在打扫卫生间时看见丢在洗手台上湿答答的纸巾里，写着四行字：

为什么天阴了？

因为人们把蓝天都割下来做口罩了。

为什么天又蓝了？

因为我只是，半个诗人。

看来绝境也不是一条死胡同，里面一定有条暗道通向觉醒和升华。

厨房也是。

当母亲必须是个煮妇时，她发愁了，她的手里没有一本"正经"，她是第一次做母亲。

菜场对她不友好。那些翠绿、土红、泥黄，席卷着灯椒的青涩、海水的咸腥和起伏的油腻，再夹杂着商贩们一双双猫一样老实忠厚的眼睛背后像风一样自由穿行的狡黠，母亲哪怕是着粗布大衫，蒙面虚张声势，也总是输得很惨。

而当母亲把一种皮肤粗糙的长条形瓜状蔬菜放在砧板上时，她总得犹豫——她或许只能确定它的名字不叫青瓜，而无法按长短、粗细、色彩，甚至是软硬度来与曾经在菜盘里所看到过的熟物做对比，所以它们的姓名母亲往往无从考证。哪怕她能一眼分辨枫树与鸡爪槭，靛青与普鲁士蓝。

砧板上的它们总是冷着眼看母亲。

母亲说，该有本"经书"，把这些并非人尽皆知的常识编进去，让她好好念念。

男孩说，童书柜大概有。

你不知道，愚人的世界总缺少一本手册。

她只好点开手机问候一位老友，再捎问照片里的瓜是啥瓜，然后不怀好意地笑。突然想起有次在公园，看到一个坐在手推车里的女童指着天空——喵喵直叫。一旁的奶奶训斥，每天叫，每天叫，天上没有猫，烦死了！说着，就把喵喵直叫的孩子推走了。抬头一看，果然有只鸟停在树梢上。

虽然在一起，但彼此却隔了一个世界。

举刀之时，也总是犹豫。红嘴绿鹦哥的菠菜母亲总识得，但落刀之际，是除须、断根还是保留它们完整的童身，得好好比画想象与权衡考量，不亚于米开朗基罗构思天庭画时的审慎。而且，这些素菜从来都不是母亲能随意欺侮的，比如番茄的头不是说刹下就能刹下，洋葱伤心欲绝的时候她也只得默默流泪作陪，山药的涎水无异于鼻涕虫的黏液，不仅作呕，还令人手脚瘙痒。所以，在这些蔬菜面前，母亲只能先深吸一口气，默默进行一个小小的祷告仪式，咒语是："不是吃素的。"

当然打开冰箱，有时会涌上一种灵感。比如把紫甘蓝和鸡丝烧到朋友送来的手擀面里，名曰："莫奈的紫色睡莲面。"但是莫奈的紫那样娴静、典雅、朦胧、流畅、罗曼蒂克，给观者留下恒久的美感，而这盘娴静、典雅、流畅、罗曼蒂克的紫色面汤，还盛开着几片朦胧的鸡丝睡莲，却让食客面面相觑，要求母亲一手执食谱，一手举锅铲，务必照章行事。

实属难事。

有时打开冰箱发现存货捉襟见肘，青瓜、秋葵、生菜仅此而已，天色老透，黄脸难为无米之炊。于是，刨去耸着刺儿的青瓜皮，如抚平少男脸上勃发的青春，斜切；流水顺着生菜叶瓣和秋葵茸毛的纹理一起奔赴夜宴，焯水。三种绿意在光洁的白瓷盘里各占据三分之一壁江山，菜名曰"三国演义"。

青瓜浇上蚝油，母亲说赤壁之火已经点燃；儿子起筷直取秋葵，言可惜关羽大意，荆州已失；生菜来不及撒蒜、淋油，乏善可陈，该"吴国"侥幸成为存在时间最久的"政权"。夹着香喷喷的白米饭，餐桌之上滚滚江水东逝，风起云涌说尽豪杰，最后叹青山不再，几度星灭，古今多少事，都付笑谈。

荒诞的夜宴。

又一次切青菜，刀起刀落下菜根翻滚，母亲突然发现了什么。大喜过望，择选了七八朵菜根，除去琐碎的根须，留下根茎的基部，焯水后精心拼集在一个白底黄边蓝纹的瓷盘，呈至餐桌。在醋溜带鱼、番茄炒蛋和红烧肉中，这一盘菜根绿得清新脱俗，看上去茎叶肥厚多汁，给餐室带来一阵乡野草木的气息——菜根切面向上，朵朵叠瓣环抱，宛若簇簇将启未启、欲言又止的碧玉玫瑰。

男孩从未见过这般景致，欣然举筷——一脸苦涩，连声嫌弃。

负米人行莎草径，论文客坐读书堂，晚饭菜根香。母亲念着诗，也夹起一个，送进嘴里——原来菜根含了青菜一生的苦楚，从黑暗中的一抔黄土里寻到泥水，萃取以后承奉与人，经日的曝晒、雨的疾打、霜的冰封、虫的啃噬——所以难以下咽。菜根的汁水，是青菜的眼泪啊。

娘俩嚼着菜根，体味着古人《菜根谭》一般的苦中行乐，那些书中"天地不可一日无和气，人心不可一日无喜神""与其练达，不若朴鲁；与其曲谨，不若疏狂"的诗行如行云般眷顾餐桌，苦涩的菜根也在口中生出甜津。这于今时今日惯肥鱼大肉的我们来说，真是一种难以想象的清贫，以及清贫带来的难以置信的想象。

孔子说："食不厌精，脍不厌细。"

儿子说："非也，嚼了水濯菜根，才识人间百味。"

名字里有"子"的，说的话都很有道理，还有那些梅子、柿子、栗子和一本正经过日子的凡夫俗子。

孩子们在一起讨论母亲的厨艺，总有一个男孩夸赞母亲的厨艺非常了得，这种"非常"，是非常人能够企及的。他说话的样子明澈幸福，令人欢欣鼓舞。母亲知道，虽然这些菜色都难登大雅之堂，但掺和的不是清汤白水，是有一点不走寻常路的情味。

若是有人鄙夷，觉得不应如此荒唐，母亲会郑重其事地搬出她的一本正经：要知道，到过罗马万神庙的人，一定会惊讶于古代罗马人不拘一格的建筑艺术。

站在万神庙外，浪潮般来去的俗客是不会做过多停留的，他们眼前所见无非一座与福建客家民居相差无几的黄泥土楼。而推门入内的幸运者，会在这一瞬间错觉时光的流转，大理石地面发出被足音叩问的第一声回响，会把现实倒回到荡气回肠的古罗马帝国。

万神在八根花岗石圆柱支撑起的球状穹顶里风云际会，昼夜不息，而当视线穿越过众神的千言万语仰望穹顶时，一孔天光让人惊叹。是的，古罗马的工匠们在穹顶即将合拢之际，在中心留下了一个圆孔——透过这个圆孔，可以看到蓝天和浮云，罗马城上空的飞鸟、星虫与月船，以及不着边际的风——不是造物主忘记合上了孩子的天灵盖，是天与地，借由神庙，留下了一个时间的通道。

天光入内，在幽暗的室内汇聚成一个明亮的光点。四时的昼夜晨暮，光点沿着灰色的、嵌有藻井的穹顶逐渐向下滑落，掠过墙面上的神像，扫过规整的大理石地面，抚过拉斐尔墓前鲜红的玫瑰，爬上另一侧的墙体和穹顶。黯沉的暮光逝去，清朗的月光继续时间的脚步。

有雨的日子或许更为庄严，绵绵的细雨也好，倾泻而下的急雨也罢，圆孔中落下的水柱成为天地之间的一次若即若离的连接，一次温柔的对饮。

而落下的是雪，或是玫瑰花瓣？

不过，这个圆洞如果不是出现在古代罗马的圣殿里，而是出现在卧室的屋顶？正对着床的天花板上？出现在 20 世纪 80 年代，一个东方文明古国漫长海岸线上不起眼的港口小城的矮房平顶上？

一个十岁的女孩就这样眨着小眼睛，孤零零地躺在床上，躺在黑夜的寂静里，呆呆地望着天花板上的圆洞入睡。曾经有鸟飞过吗？有流星划过吗？有睡虫爬进来了吗？女孩的梦里装得满满的。然后，淋着圆洞里洒落的骤雨或阳光苏醒，父母已经下班到家。日复一日。

只不过这个女孩现在长成了母亲而已。

男孩问母亲："妈妈，外公为什么要在屋顶上开这个洞？"

母亲笑笑说："还是那句话，人类始终需要用天真去飞越现实那座高山。"

入夜，母亲泡了六颗红枣，浇了六勺婴儿奶粉，递给男孩，说："儿子，来吃奶枣。"

明明那么普通，却又这么自信

草莓园，阳光正好。

棚里静静的，暖暖的，草莓花垂在一排排田垄上，和绿色的枝叶一起缓慢生长。

每一朵花只有五六片单薄的白瓣儿，一小撮鹅黄的花蕊，不卑不亢地笑着。

老板说，不消一个月时间，它们便会结出一颗颗鲜红饱满的草莓——雪似的花结出鲜红的果实？这一朵朵并不起眼的花里正在孕育着什么，是魔术，还是革命？

棚里棚外，立着几个蜂箱，蜜蜂嗡嗡绕飞。蹲下来看，发现它们的家门开在向阳的角落里，说是家门，不过是一个个像指甲板一样的洞，极小极窄，不仔细看会以为是蠹虫啃咬后留下的一个口子。

小蜜蜂一个个从"门洞"里爬出来，在手指宽的"明堂"上起飞；又有一个个蜜蜂采蜜回来，降落在这条窄窄的"明堂"上，收起翅膀，钻进黑黑的"门洞"。不同的是，飞回巢的蜜蜂，肚子又大又鼓，腹部两侧与后足之间，还夹着两团金黄色的花粉，像是京剧行当里壮士额角垂挂的叫"英雄胆"的绒球。

它们抖擞着，降落，归巢。就这样一刻不停地从那个狭小的门洞里飞出、飞进。

这种忙碌最早被一颗偶然滴落而凝华的松脂记录下来，我们始知浩瀚的七千万年以来，不论斗转星移，地升海落，蜜蜂的生活未曾发生很大的改变——所以它们显得普通——却完成了眼前的由白色花朵生长为红色草莓的奇迹，在不可计数的生命里，留下了妙不可言的神的点化——所以它们千万年来如故。

这么普通，却自信笃定。

马路那边也有一排大棚，一个围着粉围兜的农妇朝我们挥手，喊我们过去。以为可以吃到心心念的草莓，便垂涎而往。

她撩起棚帐，请我们进入刚打扫好的大棚。探头张望，大棚里收拾得干净亮堂，但种的不是草莓，而是几排枯瘦的木枝。

带着些许失望收回目光，败兴而返，仰头却遇见她的笑脸，是合不拢嘴的得意，眼角的皱纹一条条划开去，像棚里枯木上的枝丫。

"这是葡萄，和老伴俩今年又种了二十个大棚的葡萄！"老妇乐呵呵地说。

再往棚里仔细看，那几排枯瘦的木枝自由而一致地向上生长着，倚靠在用毛竹竿与细铁丝搭成的棚架上。每一株顶上已经冒出六七片浅红嫩绿的葡萄新叶，连成一片，像是梵高画给妈妈的那幅树，从下到上，萌发着大地的生命力。

想象到六月葡萄丰收的场景，我向老妇投去赞许的目光。她的两颊红了。我赶紧为她拍下一张照片——一位勤劳的农妇和她身后的葡萄园。

当我们驾车离开，途经别的葡萄大棚时，才发现老妇之所以请我们参观大棚，或许还有别的骄傲——别处大棚里的土地都是裸露的，密布着深深浅浅的杂草，在这样一个万物萌发的春天，草却没有生命的迹象；而老妇的大棚看上去如此整洁，原来是覆盖了一层厚厚的地膜，想必是勤劳又朴实的两位老人为了给葡萄藤的根部保暖铺的，又为避免害虫野草疯长，减少农药使用，种出更为安全的有机葡萄。

想到这里，我不禁暗自庆幸与她的那一份约定——六月再见——那时，我得再为她留影，拍下她丰收的笑脸与身后一棚热热闹闹的葡萄，记录下一个普通的农妇在撩起棚帐时的自信，一种看上去舍近求远、画蛇添足、刻舟求剑的冥顽不灵。

下班出校门，起了一点凉风。

单位对面的菜铺已经热闹起来。这家小店虽与菜场一步之遥，但生意并不差，菜品多，价格又实惠，周围的居民都乐意来这儿买。

是家寻常小店，人一多就转动困难。进口处立着一张瘦瘦的桌子，只摆得下一台电子秤，两张乒乓球台大小的菜桌局促地挤在中央，三面墙边又围了圈货架，我掖了掖毛呢大衣的长摆，让自己缩小一圈，钻进店里。

见那边的青瓜比较新鲜，我侧着身子小心翼翼挤过去。前头，一个穿着灰色夹克衫的男人正要挤到我这边来，见了我，就退去几步，示意我先过去。这是对女士的优待吗？我抬眼向他感激地笑了笑。一照面，才发现黝黑的脸下，那件灰色夹克上，堆着一层厚厚的水泥，还杂着一粒粒大大小小的石灰白点。原来他是嫌自己的工作服脏。"你先，你先……"他又冲我招招手，很有绅士风度地欠了欠身子，贴住后面的货柜。心生敬意，我侧身过去，再次表示感谢。

像贪食蛇一样，兜了一小圈，我拎了青菜、番茄、青瓜七八样小菜，挤到出口，等待过秤。那位穿灰色夹克衫的师傅也采购完毕，排到我后面。"这次你先来……"我不好意思地笑了笑，让他先过秤。心里暗暗想，我也是个淑女。他谢过我，乐呵呵地把选好的小菜放到秤台上。一颗包菜，一把蒜苗，一根青瓜，三只番茄……二十九元八，他拿出手机付钱。我把选好的小菜，放到秤台上，二十九元八。我俩都笑了，为这样的巧合。

出了店门，他往东走，我往西走。这淡淡的一面，让我感怀。我想接下来，我们都会踏进厨房，围着这些新鲜的蔬菜做同样的忙碌；我们都会热乎乎地翘首以盼，等待家人陆续聚到饭桌边来；然后，我们都会在饭余的闲暇里，放下各自的疲惫。原来人与人之间，相同的远比不同的要多。只有夹克衫和呢大衣的皮囊不同罢了，我们吃的饭菜一样来自大地，我们都在为一个小世界而战斗，我们的时间，我们的平凡，我们的真挚，连我们心的温度都如此相似。只是平日里，有些人习惯了用眼睛去看这个世界，使用居高临下的姿态又太多。

如果普通人的生活也有温度，我想，它大概在 36.8℃ 左右吧。要是幸福的温度很低，在冰点以下，生活状态就会像一块冰，人生的立足点也仅仅只是脚下一片不具有安全感的冰面；倘若一个人对生活对追求达到了100℃的炽热，那他就会升腾起来，以消失自己的方式融入蓝天和宇宙，这便不再是普通人了。所以，36.8℃左右，是自己的温度，又刚好能感受到同类与不同类的温度，这便是一个普通人的幸福。

草莓也好，蜜蜂也罢，包括那位农妇和水泥工，他们明明都那么普通，却又这么自信。他们一直在用普通的改变，改变着普通。

还有种种普通，南岙的白梅总是开得最早、最旺盛，南岙的农民也总是起得很早开始春耕，南岙的土地勤劳，醒得早；栖凤村的渔民在空场地上用钩针织渔网，每天早上六点开始，织到下午五点；斜阳恋恋，宗祠外梅树上的最后一朵红梅还倔强地开着，它走过了二十多个日起日落，在十四亿黄皮肤的人海里，在地球四十六亿岁的朝暮中，普通得荡气回肠。

我。

我们。

普通，不是平庸的代名词。

普通，是世间万物蓬勃的生命。

一株山楂树

一

三年前的四月，我们到花鸟市场选了一株山楂苗过植树节。

小苗只有膝盖这么高，如一丛小黄杨，枝条纤细，叶子疏拉。我们就在小区健步道边的花坛里，在樱花树和桂花树中间，掏了个坑把它种了下去。

或许是新冒出的山楂叶芽比樱花叶和桂花叶汁水更多，口味更甜，刚种下没几周，恶虫欺生，就把所有的新叶啃个精光。我们的山楂苗成为那个春天里最悲凉的一株树——枝上只剩几截短短的红叶柄。就这样直待到秋天，它也无叶可落，再熬过了漫长的冬天——我们曾一度以为它已仙去。

今年春上，樱花树和桂花树亭亭如盖，繁密的枝叶勾肩揽背，团团簇簇，绿意喜人。而我们可怜的山楂树——本应在深山一块奇崛的岩石边，尽可能向四方铺展开它嫩红嫩绿的生命力，现今却挤在两棵树的夹缝中，硬生生地抽出一条三四米高的长枝，不分叉，也没长叶，跃出比邻的两个树冠，直直地插向天空。我们想，它只是不会说话，不会求救，怕就这样窒息在绿色的海水中，只好于危难之际扒拉到一根长长的吸管衔在口里，然后踮起脚，把管口伸出海平面，呼吸几口新鲜空气。

我意识到是刻在我们大脑深槽里的无知伤害了这株山楂树。

我们接受过教科书里的同一种教育：植物生长的要素概括为三点，那便是阳光、空气与水分，当然还会出现六个空格亟待填满的情况，把"温度、湿度、养分"等一一写上——可以足够自信——三十年前的我与新世纪出生的孩子，都无须老师敲黑板耳提面命，我们训练有素。

至此，我们查阅了各类书籍，发现许多书里都把 space（空间）列在阳光与水之后，是植物生长的第三大要素。植物生长几时需要空间？又何曾需要空间！简直振聋发聩。

男孩的心为未来的几颗山楂果担着：妈，这会是无知的惩罚。

是啊，许多已然在我们脑海里凿出深痕的常识，不一定是唯一答案。按照山楂树这种一枝独秀的长势，几年后若是它开花结果，也只该饱飞鸟口腹，与我们这类低矮的愚人无缘了。

我又想起每年春头带儿子到田地里看农民种水稻的景象。三月底四月初，大地刚刚回春，温热的土壤升腾起一种渴望，樟溪边的农民顺天应时，通常直接把用水浸泡过的种子抛撒到田地里，以省却插秧的烦恼。但是芒种前后，这些农民却要穿上长筒雨靴，蹚进水稻田里忙活许久。原来是种子抛撒不匀，有些地方水稻长得太密，容易影响抽穗与收成，只能人为干预，把多余的秧苗一一拔起，插到稀疏之处。不过这几年，有几户农民用上了无人机撒种，一次装上二十来斤的种子，手机轻轻划拨，无人机便飞到稻田上空，把种子均匀播撒到田间。

原来植物对其生长的空间意识一直都很强，只是被我们忽略了。或许是城里的我们习惯于观赏公园门口的花朵簇拥在一起写出汉字的杰作，习惯于赞叹每一朵花都面向太阳，开得浓艳。但其实每一株花草都只用小小的塑料托杯装着，它们不是植物生长的常态，它们赖以生存的土壤没能连接上这片大地，而且不消几周就会被另一片花海取代。

是的，知，应该是回归常识，重新想象。

二

带孩子去异地旅行。晨起，空气清新。海滨只有一条漫长的小道，两边都是草地。一层层新绿起伏着，滑入太平洋湛蓝的海里。大海还在苏醒，水汽在阳光下袅袅升起，茫茫一片，流入天际。

靠海那边有块高高的绿地，孩子唤我穿过小道，到那块绿地上坐下看海。但正要过街之时，小道尽头出现一个银白小点，近了些才看清是辆两座的厢式小卡车。孩子见状，条件反射般牵我的手，把我拽出小道，眼神警觉得像是丛林里的小鹿。

我们退到道外四五米的地方，打算等他驶远再过去，其实不想车尾喷出的黑乎乎的柴油尾气打搅还在我们鼻腔萦绕的清晨草木香，以及这难得的与大自然无隙接触的亲密。

但当我们驻足等待之时，这辆小卡车也停下了，只是我们之间的距离有些尴尬——远得有些看不清人面。车窗里探出一个脑袋，冲我们招着手。风里，他的话音断断续续，说了什么听不清，也听不懂，我们之间隔着百多米的路，也隔了一个国度。孩子仰起脸问我："是不是这辆卡车抛锚，需要我们帮助?"我犹豫了下，母子俩势单力薄，在异国他乡的予人帮助和居危自保中，后者是比较稳妥的选择。于是我踮起脚，向遥远的小车方向摆手，示意他赶快开走。没想到小车抖了一下，熄火了，司机又从车窗里探出头来，用力地挥着手。那手，似乎有一股无形的力量，沉稳而确定地告诉我们——你们先过。不容分说地，我们被这一只遥远的手推着横穿过了这条没有斑马线的小道。

回头看这辆小车，重新发动，慢悠悠地向我们开来，像是一个清晨步入儿童房为孩子拉紧窗帘的父亲，四只轮子逐一提起、落下，笨重又悄无声息。它从我们身后缓缓驶过，没有掀起一朵尘花。

我惊愕了，回头望向那一百多米外小卡车停下的位置，和我们刚刚走过的三四米宽的没有人行横道线的海边小道，记忆定格在擦肩之时，车窗里司机陌生又黝黑的笑脸。

孩子惊叹："妈妈，这里的人行道真的好长好长好长啊!"

越是空，能填入的想象就越是多，比如尊重和修养。

三

闲来翻书，看到一则趣事。一位文学大家给一个叫吴庚舜的年轻人指导论文，因对文章进行了反复阅读，多次修改，所以吴庚舜在投稿前，把这位大家的名字署到了自己的名字之前。这位大家不同意。在吴庚舜苦苦央求下，这位文学大家才同意署上一个新起的笔名——郑辛禹。纸页上毫厘之间挪移的小小空间里，换名更姓，深藏着一代人的谦卑，像波澜不惊的瀚海、百花盛开的山谷和日落月明。百家姓中，"郑"居"吴"后；天干之中，"辛"在"庚"后；古代帝王名录里，"禹"居"舜"后，这笔名的意味显而易见，"郑辛禹"永远排在"吴庚舜"之后。这位大家本姓钱，名钟书。

四

朋友计划在假期飞趟新疆，脑海里立即浮现出西域秘境的辽阔与伟岸。

大自然本身是一个疗养院。那年，狂躁的我耳里塞满了孩子与丈夫的咆哮，胃里垒满了上级部门下达的方方的任务，肺里吸饱了城市的尾气和南下的雾霾，心内天翻地覆，却孤立无援，直至我踏进百十里一马平川的戈壁滩。

茫茫戈壁滩，它北抵阿尔泰山，东接大兴安岭西缘，南至阴山，西达天山，极目之处无一座山峰，哪怕是一条浮潜的山丘，无一株树，仙人掌也无心驻留，更毋提人与炊烟。没有任何一种垂直的事物指向天空。

除了天空，就是荒漠。

踩着脚下灰深的碎石，我想象千万年前在这片土地上所发生的那次巨响。这里也许曾经耸立着一排排静默的高山，但它们再也难以消化亿万年从见闻中累积下来的愤怒，它们在一声剧烈的轰鸣中毁灭了自我，把曾经伟岸的自己炸裂成无数块碎石，也就是我脚下所踩着的那片粗砂与砾石，它们铺向天空，依然保持静默。此时此刻，我曾经的狂躁仅不过是其中微不足道的一块。过去，现在，与未来。

它劝慰了我的荒漠。

七月的喀纳斯湖盛着天下最好的蓝色。云朵明亮，胡杨橘黄，清冽的雪山冰水源源不断汇入湖水中，蓝得清冽而纯粹，已不能再用靛蓝的缎面或是通透的蓝宝石来做比方。

为什么湖泊里的水这么蓝？图瓦人指着天上盘旋的苍鹰说："它知道，深深的湖里沉睡着一个美丽的额吉。"

在喀纳斯湖面前，我羞愧自己曾经以为美丽是涂脂抹粉，是各色滤镜，而忽略了冰川水一般清澈的思想、纯粹的蓝。自然所赐予的美丽，绝非一件艺术品所能取代，哪怕在人类社会中，这件艺术品已被"无价"定价。家门口的那座愚山，村口的那棵望乡树，时常飞抵你上空的鸟，它们都以不平伏的宏大，做你的靠山，为驻留的你遮风挡雨，微笑地注视你蚁族的一生。

大自然永远是个疗养院，它或许不能治愈人世间所有的病患，但至少可以治好人类一种被称为"自大"的狂妄症——应该心甘情愿地卑微下来，安置在自然中的一个适当位置，一如那张绘满山水的宋代古画。

空间这个话题，永远没有终点。夜里我曾仰望天空，佩服宇宙的谦虚，明明包含了一切，却还叫太空。它的雄伟鼓励我们要沉稳和宽宏大量，它的巨大体积教导我们要用谦卑和善意尊重暂时不会超越我们的东西。

最后，我相信每个孩子也是一种植物，比如樟树、枇杷树、虎皮刺、牵牛花或是鸢尾花，所以当他们看上去发傻发呆的时候，我决意不去搅碎他们的梦。

把菜种在石墙缝里

黄昏褪去，天际升起蓝幕。我坐在一棵槐树下的石板凳上，欣赏天童古街入暮瞬间的魔术表演。景观灯一排排熄灭，铺面一间间合上，花花绿绿都收敛起来，像一朵芍药花开得正艳，不小心触动按钮。时空开始逆流，花瓣即刻收拢，退为一个裹着褐色花萼的小球。

整个街面开始飘起老木头和饭菜的香气。土狗们不知从哪个墙角钻出来，呼朋引伴。白天里精于算计的婶婶嫂嫂，挂着围兜走家串门。卖竹篓的女店家从米面铺里出来，端着一盘刚出锅的青团，路过工艺品店、馄饨店，盘子空了，围兜不知何时被哪家塞满了橘子，她又急急转身回面店谢礼去了。古街像一棵老树，枝丫纵深，男人们的烟与笑也随着下工回家流动起来。

白天它是一座城，夜里才是真正的乡村。

一对老夫妇，提着袋子在对门墙院上忙活什么。高高的院墙是用不规整的大青石层层叠叠垒起来的，常青藤绕着一人多高的墙垣爬了一圈，中间十几丛葱茏的草叶，像翠玉一样错落地嵌在青石里。绿叶和石墙组成了一道天然的背景墙，白天就引了很多游客停驻留影。此时，这对老夫妻站在院墙下，唠着家常，瞅准中间最绿的那几丛，一片片地掐着最嫩的叶芽。原来是没了闲地种菜，夫妻俩就把最爱吃的红凤菜扦插到了家对门邻居的石院墙上。平素铺展在田间地头的这些红凤菜，现在以直立的视线重新打量乡村，或是被各种目光重新发现，翻转的生活竟也收获意外的情味。两老人笑着夸红凤菜炒猪肝这道菜是上品，最为鲜口，听得我口齿生津。

巷角还有一家店铺没有打烊，我探身从窄窄的门里进去，红漆的木板墙上挂满了各个年代的座钟、挂钟，玻璃柜台里铺满了各种式样的手表、怀表，泛着有年代感的木纹和金属光泽。主人家招呼我随意，又埋下头在一盏荧光灯下修起钟表来。静静的小屋里，所有的钟表一齐嘀嘀嗒嗒地走着，恍惚间以为进入了查理·奥尔特的名曲。

钟表下挂着几张纸，写有维修说明、价目表、服务宗旨，还贴有一张家训，我细细看：

一、学习要勤奋努力

二、工作要积极热情

三、生活要艰苦朴素

四、作风要正派求实

底下一排小字："做到才是一个真正的人"。

"人"的捺笔拖得很长，钢笔顿挫出锋，也像一个英武的少年颀长健美的腿，像敲在手心的一把戒尺。这才回过神仔细打量眼前的老人，五十开外了，穿着深蓝格子衬衫，第一颗纽扣扣得板正，乌黑的头发打理得一丝不苟，与小屋琳琅的钟表一起，组成了一个乡村手艺人的品位和格调。

闲聊间，老人的眼神里透出亮光，自诩两个孩子培养得出色，小的读研，大的正创业。他说，他心甘情愿给自己立下一条严格的规矩，并且要坚持到底，无论是对自己还是对孩子，没有这条规矩他就不是他自己。这话里的每一个字都沉甸甸的，多么亲切而熟悉，原来我曾在卡尔维诺的书里读到过。这位老人一定是流连于书山或沉浮于人世过，不然，怎么会这般言之凿凿呢？

这些，使我不敢再小觑这条乡村老街上的每一个人了。

城市里的野花

城市里，每条路边，但凡有泥土的地方，总有一簇两簇这样的野花。远看还以为是雏菊，娇黄的花心点点，缀一圈淡白淡紫的花瓣，但疏疏拉拉，小得惨淡，比不上雏菊热烈，也比不上蒲公英浪漫。

却喜欢这种野花，处处留意着看。它们在车水马龙的路边石缝里意外地开放，粗糙冰冷的水泥因为它们小小的明媚，有了点人间烟火。有次经过一个铺满碎石的停车场，这些小野花竟绕着空地轰轰烈烈地开了一圈，像是天边落下的淡淡云霞，很是热闹。但很多时候，在公园茵绿的草坪里发现它们，一株两株柔弱地擎起，摇曳的姿态称不上美，花太小，枝太瘦，叶子又太疏拉。园林护工走过来，轻轻一提，把它们连根丢进了小推车里。

几场夏雨过后，它们在我的下班路上冒出。自是野花，无人怜惜，三把五把折些回家，打算当雏菊供养。可还没摆上案头，它们就一朵朵耷拉下来。第二次心有不甘，连根移植到瓷花盆里。可它们住进新居，倔强的茎秆仿佛被抽去了魂，两三天就折倒萎谢了。

这花，只有野花的命。

它们的名字也平凡得像是村边巷尾常唤的阿猫阿狗，凄凉到只三个字就能叫完一生：一年蓬。它们从农村的田间地头来，从城边的犄角旮旯里来，落到仅有一点沙土的繁华都市里，只为讨一年的生活。它们身上有一种让人似曾相识的亲切，或许是在我童年记忆中，那一个个陌生而又随和的城市面孔里。

小时候住沙井巷，巷角搬来个驼背老头。他每天推着辆自行车去药行街，拉开锈迹斑斑的钢丝床摆个小小的针线摊，天黑了回来。好几次从窗外看到老人家的晚饭，一小杯白酒，一大碗白菜饭汤。但如果工人文化宫有夜场电影，他就在摊边嚼个白馒头，融入在熙来攘往的繁华夜色里。后来，他的钢丝床不见了，他没有床可以睡了。

鼓楼沿原先叫公园路，每逢周日就会聚拢许多怪人，拎鸟笼的，挂一只大乌龟的，牵五六只土狗的，上衣里外别满红徽章的，怀里揣着刀币的，一溜蹲在老樟树、老梧桐树下昨夜放砖块的位置，侃着大山做生意。那个卖狗的，有条白色哈巴狗，从来都不拴，也从来都不卖。后来，这些老朋友被迁去了尚书街，还没两三年，便再也没见到他们了。

说是三市也快关停了，像河流一样，从 20 世纪奔腾而来的市集随着城市旧貌换新颜，被截流了。每月逢三、逢八，已经很难看到这些从村里挑着菜苗来的，挑着树苗来的，挑着从山涧里采掘的兰苗来的面貌憨厚的农家人了；而省吃俭用的城里人，那些闲置的电扇、收音机、鞋子、小人书、算盘、锅子、菜刀，也无处置换成有需要的家当了。素不相识的他们，无法再进行这样的告别与约定：再会，八号再会。

有人说，一年蓬全株可以入药，味甘性凉，可以消食止泻，清热解毒，于是就由它们落地生根。

也有人说，一年蓬是一种入侵性很强的植物，它们的根部分泌出一种特殊的物质，会影响庄稼和果树的生长，对作物是很不利的，于是就驱赶它们。

似乎陷入了迷茫。

你若爱它，它便是救命稻草；你若恨它，它就成了罪魁祸首。

幸好一年蓬没有情感，不懂逆来顺受，委曲求全，自然也不会据理力争。它们只是在一场夏雨之后蓬勃，秋雨未至就枯谢，无须神恩圣命的钦定，不会因为驱逐而失魂落魄，更无心也无意与那些娇艳的花朵争芳菲。它们只是背井离乡，顶烈日，冒严寒，风里来，雨里去罢了。

只要脚下的那丁点土地还在。

不开花的树

那年秋天，梧桐叶和鹅掌楸叶落了一地，桂花却还没有醒。

似乎不能预知她们的归期，因为一年中几百个日子，她们的样子始终呆呆笨笨，枯癯的树干和喑哑的枝叶都在静默。但我知道她们很有腔调。她们必先等到一场冷空气，一场突然而至、昏天暗地的冷空气，再等待一场秋雨，一场铺天盖地、名副其实的秋雨，然后守到个一碧涵空的秋日，必须是那种暖阳普照、明媚如春、空气自由的秋日，才像爆米花儿般，噼噼啪啪地在枝头热闹起来。

羞怯却热情。你看她们把喜悦纷纷扬扬地洒向空中，似乎忘记了曾经刻在枝干上的孤独、思念与悲伤，因为冲破坚硬的那些喜悦，是她们一个轮回以来日积夜攒的。随后，这些喜悦安静地落下，以温柔覆盖一座小城、一个小村、一片山，以及山里的浅溪和溪涧边的一株狗脊。

似乎像一个人，我在脑海里搜索他的背影。

似乎又像每一个人，始终对否极泰来充满坚定的信念，在焦灼和艰难的平凡日子里历练，因此凝结出一颗颗有桂花香的灵魂。

我坐在桂树底下休憩，然后扛着一肩的花香回家。

但是有些树，一辈子都不开花。从春到冬，绿了又黄，守着寂静的枯荣。

或许是她不求在落英时节里遇着他，为他铺就一条花蹊；也不求清醇的芬芳迷惑他，让他意乱神往。她只静默在四季，静默在他不远不近的视线和深深浅浅的足迹里。春天，她的枝头漾出一对新绿，阳光恰好穿透重重缝隙滴落到这两片新叶上，他又碰巧投去一瞥——这便让她足够欣喜了，不管他是否读懂了她心内怀着的爱恋和祝福，她只是繁茂。

或许是她知晓花似青春，韶华易老，人们便将恒久的意义赋予短暂的花期，于是不屑参与这场定下标准的比赛。

也或许，她把大局、终极、边界的事儿都想得明白了，知道哪些事很重要，哪些事不重要，自己可以做什么，不可以做什么。所以，她不慌，不手忙脚乱，不摆弄自己，也不摆布别人。反正她的梦想不是长出花，结出果，而是一直长，一直长，仅此而已。

每棵树都有自己的形象。

我家楼下就有一棵这样的树。我远远地看，生出一种感动和敬畏。是寂静，让不开花的树变得从容与苍劲。

那些生活在重复的时刻

　　菲尔是个气象播报员，每天除了在摄像机面前做一个风趣幽默的人，每年二月二日还要前往一个边境小城报道当地的土拨鼠庆典。这一年，他例行公事完成了庆典报道，迫不及待想重返家园时，一场突如其来的暴风雪耽误了他的行程。他在这个小镇过了一夜，没想到第二天醒来后，菲尔意外地发现，时间仍然停留在前一天的土拨鼠之日，昨日的一切又再次上演。

　　每天都是似曾相识的一天。昨天，今天，明天。走一样的路，看一样的景，做一样的事，动一样的心思，感到一样的疲惫。于是，在短暂的失落之后，菲尔开始挥霍重复的时间，放纵自己的欲望，食欲、情欲、性欲、占有欲，不再掩饰自己的情感，喜、怒、哀、乐、惊、恐、思。这不就是很多人向往的生活？能够自由自在，能够肆无忌惮。可是再好的经历也经不起重复，一次两次是甜蜜，七次八次是乏味，一百个七次八次就是噩梦。狂欢过后，菲尔更加失落了。

　　生活是座迷宫，我们以为自己在努力接近幸福，事实上，我们像菲尔一样,每天都在打圈。

我也是电影《土拨鼠日》中的一个菲尔。

但是迷茫时,我常去那片湖。那片湖在城市边缘,人迹罕至。车行于临水的山道,四季草木的气息各不相同。春的味道闻上去像小猫刚苏醒,浑身散发出蓬松热气;夏的味道手也能嗅到,湖上的水汽蔓延到了岸边,人和车合为一体,变成了穿着鳞衣的鱼儿在梦里溯游。有时伫立在湖边,看它安静的样子,湖水是面镜子,深秋山上落了层霜,镜像里也是一个肃然的冰雪世界。

那次到湖边时错过了黄昏,心里些许失落。但余晖被一层层扯去金纱,近水和远山迷蒙起一片紫色的雾霭,这时一只白鹭划过,空气承托着它张开的翅膀,它长久地滑翔,像是内心一粒无忧无虑的流星,不知从哪里来,又隐入群山中哪处归宿。有次去,恰逢上百只鹭鸟迁徙经过此地,一只往左飞,所有的鸟都跟着往同一个方向翩跹,像一个巨大的椭圆矩阵。自在的孤独与群体的孤独在我心海里激起回响,孤独与孤独也各不相同。

湖边有一丛水杉林,枯季我走进它们,抚摸粗糙的枝干,不觉得它们的存在有别于山脉里任何一片树林;而湖水盈满,它们的半身没入水中,我只能隔水远远观望,惋惜得像是告别一个已经说好再也不能爱的人,一处消失在高楼下的故乡。

去得多了,结识了守护这片水域的老师傅。他过着简单而重复的生活,每天绕着方圆百里的水域巡逻两圈,到水杉林这儿就休息片刻。有一次,我听到他对着湖水唱歌:"清凌凌的水啊蓝莹莹的天,清凌凌的水啊蓝莹莹的天",我隔着老远为他叫好,声音传到空气里，被湖面上野鸭扑棱翅膀的声音打断。老人的目光也越过我，深情地凝望这片水杉林。看过去，他是一棵树，一棵会唱歌的树。

水杉红的时候，游人云似的一片一片涌来；杉叶落尽的时候，却鲜有人眷顾。老师傅说："这时候最美。"艳阳下，杉树叶尽，枝条清疏，似披上薄雪；湖水映照蓝天，承托着团团即将谢幕的红叶，湖面成为一块绣锦绒毯。老师傅还拿出手机，把他拍下的四时照片一张张放给我看。原来这片湖，没有一时一刻的美是相同的。

我相信他是一个深藏不露的诗人。他注视着这片水和林子说，这个世界上从来都没有理所当然的事，每一次都应该是最初的一次。说这话的时候，他穿着一件制服，提着一个水杯，戴着一个御寒的棉耳套。

周而复始的生活背后到底蕴藏了什么秘密？我庆幸湖水以不言的方式，诉说有关重复的故事，每一个都有着细微与悬殊的不同，不同的气味色彩，不同的来处与归路；而每一个重复背后的惯性，各自被一个很大的逻辑在默默推动，神秘而无处不在。渺小的我们，就像守护这片水域的诗人，在对湖水的凝望里，洗去眼神里的铅华，如婴孩般把小小的热爱，藏进每一句生活的诗行里，一个字一个字地行走，悸动。

走月亮

小学课本里有这样一篇小文：

秋天的夜晚，月亮升起来了，从洱海那边升起来了。

是在洱海里淘洗过吗？月亮是那样明亮，月光是那样柔和，月亮照亮了高高的那点苍山，照亮了村头的大青树，也照亮了，照亮了村间的大道和小路……

这时候，阿玛喜欢牵着我，在洒满月光的小路上走着。走啊走，啊，我和阿妈走月亮……

喜欢这样的月色。沉甸甸的月亮从苍山升起，清亮的洱海一如慈爱的母亲开始夜里的工作，她以粼粼的水波淘洗米粒般的星辰，淘洗通体明亮的满月，发出叮叮咚咚的细响——洗过的月光如萤火般飞落孩子的脚尖，一步一笑，足音当当。

看到一个孩子对这个片段的仿写，许是她的老师也钦仰这般别致的文字与清雅的情调，也让孩子们去体验了一番走月亮的习俗。摘录片段：

秋天的夜晚，月亮升起来了，从东边升起来了。

是在小区的水池里洗过吗？月亮是那样柔和，照亮了我们的小区，也照亮了我们美丽的公园。这时候，妈妈喜欢牵着我，在洒满月光的小路上走着。走啊走，啊，我和妈妈走月亮……

读着这样的文字，心里总是涩涩的。此刻，我不用探头望向窗外，便知夜里明亮的，不是月光，而是路灯；窗外闪烁的，不是星光，而是霓虹灯。我也像孩子一样期待它们就是星月之光，水儿一样铺在我眼前的窗棂上，小蚊蝇的翅尖也有盈紫的光。不过当小虫挥翅拍打纱窗，我才看清这些"月光"带着有节律的频闪。而倘若此刻房内灯光敞亮，连这点"月光"也是遍寻不着的。

城里的月光的确是"月光"了。月亮到最圆的时日，也不过是个吊在蓝布上的纸盘子，用羊毫笔晕染白了近旁的几片云罢了。除却被五光十色的霓虹遮盖，它的光亮还耗损在重重叠叠的钢筋水泥之间，磨损在磕磕绊绊的噪声里，我们又怎样埋怨孩子找错了月光，走错了月亮。

想起沈复的《浮生六记》里记有走月亮的旧俗："吴地，至中秋之夜，妇女不拘大家小户，皆结队出游，名曰'走月亮'。"原来，旧时的苏州也这样有情味。中秋夜满月高悬，街巷洒满如水的清辉。伊人们盛妆出游，高髻犹如盛开的牡丹与莲花，面如满月，顾盼神飞。髻上的玉步摇和腰间垂下的玉绦环，在摇曳的步态里，玎琤的丁零声不断，银铃般的笑声不断，月光的回响清越绵长。

　　她们结伴踏月，互相走访，或是拜佛寻庵，都要走过三桥，不许重复，恰如清人周宗泰所记："联袂同游月光巷，踏歌还度彩云桥。"若是无桥，坐小舟也要去走月亮。几位佳人登上渔船，渔夫长篙一点，桨声咿呀，倒映在河中的月亮便碎成了点点玉片。渔火渐远，在河上悠悠徜徉，留下歌声抚平水中的月影。

　　风生袖底，月至波心，俗虑爽然消逝。我们苦寻的月光，曾在百多年前给沈复陈芸这对眷侣多少怦然心动。

　　韩少功说，月亮是别在乡村的一枚徽章。我的孩子尚见到过在禾苗上飘摇的月光，在溪流上跳动的月光，在森林的剪影里随他前行、同步轻移的月光，也听到月光牵动着的虫噪和蛙鸣，闻到过月光抚过的竹叶与玉米的清香。只怕若干年后，月光就沦为浮着古意的一枚便士，那这一切，是否会如庄周梦蝶，似梦非梦？

　　我们所熟识的城里的夜晚，月光比任何一个人都要孤独。

　　我把目光投向窗外，或许那些夜归的异乡客，会哼着歌抱着城里的月亮入睡，在梦里牵着老人与孩子的手，走在铺满月光的田埂上。

　　听说天童寺的萤火虫在夏夜里亮了，山道上盈盈飞舞着，成为市郊的一处秘境。我想，那一定是太白山的月光点亮了它们吧。太白山的月光流到菩提叶上，经由每一片叶子轻手托付，汇流到大殿的瓦楞上，涓涓不壅。她们摇响檐瓦下的铃铎，落入瓮中、甑中、草叶中，落入在夜里安然睡去的泥土和水泽中。但像薄被那样怡然未掀的泥土与水泽底下，却唠唠嘈嘈，这是小生命们醒来时的骚动。

夜风呵一口气，睡意蒙眬的萤虫们便被托起，浸在月亮清朗的目光里。

它们这才真正醒来。忙碌地用月光洗面，用月光漱口，再有口无心地诵完草叶上月光的诗歌，开始饮起月光来——专心致志地饮到通体发亮、变轻，饮到不用挥翅就能驭风。然后，带着身体里的一个圆鼓鼓的月亮，去寻找另一个喜爱饮月的生命。

我们去走一次这样的月亮？

我问孤独

孤独你是？
它玩自己的游戏：
什么东西一被提起，
就会消失？

一九八二

我睡了三十八年，才醒过来。

每一天，把晨曦的朝露挂上衣架，把四起的暮色炖成啤酒花鸭，把天真的眼睛安放进缤纷的书香，把黑夜留给了自己的梦。

在我欠身细数尘埃的当口，在地板上铺排出镜花水月的当口，在柜子里码齐书山衣海的当口，风车茉莉谢了，绣球花谢了，连孔雀鱼也生好宝宝了。三十八岁的我遗憾地挽起窗帘，发现小黄鹂鸟停在窗外的玉兰树梢，她还在为我歌唱，为我昨夜的梦。

更多的时候，我沐浴在急躁与埋怨、辟谷与八卦里，要对着一群可爱的牛犊拨弄语言风雅的琴弦，聆听他们的懵懂与乖戾、无知与嗔痴，还要像欣赏话剧一般，为每个登台的演说家与表演家鼓掌致意。我的手上常常没有相机，但是我的眼睛已经帮我完成了一张张脑拍，把这些欢欣与业障留到夜里，再细细品味。办公桌上的那路台历，静静地看着我精彩的潜伏。

当手指滑过琴键，落到那个沉着的尾音，属于白天的精灵纷纷坠入安眠，属于我的夜才到。

这夜，从足下的土地到无尽的高空，从身后风来的方向，到目之所及的远方，举目皆是海，每一棵树像海底蓬勃的水草，跳跃的黄雀像是穿梭其中的游鱼，月光荡漾在每一片树叶上，是海面粼粼的波浪，不睡的花朵在海水里游泳，叫人分不清是夜的甘香，还是水的柔软。我，披鹤氅纶巾，在书页间飞檐走壁，猎雨擒风，倚马而待，与文字进行一场无人知晓的狂欢。

我知道我的心内曾是一片荒原，遍地碎石，处处荆棘。漆黑的夜里，我只有眼泪迎接第二日的黎明。可神化为万物，不厌其烦地眷顾我、叮嘱我，牧人在羊群四散的日子里，怎样找寻他的羊，你必照样找寻你的羊。我怎能辜负他的深情？

把夜的这点欢愉，攒成一颗颗会发光的珍珠。再拂去心灯上的尘垢，看清通向死亡的去路。什么糟心的岁月，不幸的虚妄，还有毫无意义的生活荒诞，都该统统丢入过去的沟渠。这下，才能在每一个来日，把晨曦的朝露挂上衣架，把四起的暮色炖成啤酒花鸭，把天真的眼睛安放进缤纷的书香，用夜的余光温柔地捧起每颗充满渴求的心。活得才不像个落难者，三十八岁的柔弱没人可以踩碎。

女人四十

她们都曾梦想像朵花儿那样生长。朝着阳光，朝着雨水来的方向，长成纤细的、含羞的，或是娇艳的、华贵的样子，被人疼爱。

四十女人笑道，生长的方向不仅仅可以向上，还可以向下。她们不再留恋那些朝三暮四，一山望着一山高，一心跟着风凑热闹的人事物了，像一个普通的庄稼人，更像是一棵树或一粒种子，把自己的生命扎入自己认定的土地里，开始另一段人生。她们足下细密的根须在杳无边际的黑暗与寂静的世界中，像手指一样摸索，推开砖石，挤进岩缝，只要能探得一小块湿润的泥土，就尽情吮吸一份甘泉与养分，而后继续向下。

她们喜欢上了自己的不起眼，喜欢自己的默默无语，不再把"被看见"与"被认为正确"当作是幸福。

她们幸福地向下生长，换个通俗的说法，就是朝着自己喜欢的、抵抗力却很大的方向生长。比如她爱旗袍，干脆跳出了原先的圈子，张罗起了小店；她厌倦了朝九晚五，离开后捧书喝茶，专心写作育人；可她爱着她的事业，哪怕收入菲薄，也风雨兼程；更多的她，像和煦的微风，温柔地理解了山的重量，轻轻托起了亟待远飞的纸鸢，付出是梦里也在开的花。她给自己立过誓言——每月一发工资，就去书店买一本书。这种枯燥的表演早已成为笑柄。她现在与书的交情，就像是老友，喜欢的时候一天一本；厌倦的时候，也能一鼓作气爬进艰涩，哪怕有词眼、句子在山腰设障，彳亍也是乐趣。偶尔，思绪从一个面相、一个事件、一个话头，电光火石般地飘到另一本生意惨淡的书里，她还会多谢机缘，再捧起那本旧爱当作新欢，酣畅阅读一番。

当专注变成了一种执着，闲杂也散淡了起来。她们脸上的线条慢慢柔和了，拧成的各种三角形渐渐舒展开去，然后在对爱人含情的注视里，笑成新月形的眉眼，连眼角的皱纹也带上月色的清辉。她们知道，最优解的算法不是 AI，而是"算了"，就这么一步一步退下去，海阔了，天也空了。这"空"字，便是她们经历对生命穷极到死、再到生的重重拷问后，得到的本源。

你看，耐心和爱都变得纯洁起来。

她们不再惧怕酸楚，哪怕是一直走在抵抗力很大的路径上。大不了走到月下，仰头面天，把眼泪抹在眼角与手背。先让泪水中的盐碱磨去皮肤粗糙的角质，再让泪液中的精华揉进月光的流霜滋养皮肤，使之柔嫩、晶莹，闪耀出贝壳或是珍珠的光泽。没有泪，打落了牙往肚里咽的时候，她们也能佐以窗口飘进的一簇黄昏，把砧板上的苦瓜与辣椒，一起丢进铁锅里炖烂，再伴着红酒或是青啤，饕餮一顿。

她们的美丽与众不同，像挂在树梢的一颗晚星，像欢腾着生命的寂静森林，不是被世俗磨去棱角，精神早衰，变得世故，而是在夏末蓬发，个性和精神世界在秋日开始逆生长。

"向抵抗力最大的方向走"，记得这是朱光潜先生一篇文章的题目，说的是由诗词创作到人生格调以及民族大义都应循的方向，却没想到若干年后被一个女人借来阐释"四十不惑"，还在一个他老人家完全不能想象的年代里。料想，豁达的朱老先生也会如四十当年一般，看着这群不惑的女人，爽朗地笑了。

现在，你可以拍摄任何东西

一

从那几年拍下的几千张照片里，挑出四张送选，朋友却对《苏博的鱼》情有独钟。

照片里，清水粼粼，映着青黑的砖墙，窗格的天光漏下，水墨洇染；两尾红鱼在墨池里逐游。镜头开合的一个瞬间，它们留下一深一浅两抹明丽的、蓄势待发的红，而朦胧之中，那奋力划水的鱼鳍，铆足劲呼吸的鱼嘴，以及它们竞逐时热切的目光清晰可辨，可以说形神兼备。

但是，这张照片并非出于我手。那一刻，我正在苏博的陶器展台前流连。那个陶罐从教科书里走来，曾在老师滔滔不绝的授课中让我充满敬畏，我因此毕恭毕敬地端详，甚至是瞻仰。但现在，我已想不起它的模样，也记不清它隶属哪个年代。眼前只余留一团模糊。甚至此刻落笔，我还有些怀疑当时迷上的是一幅山水古卷，而非一个陶罐。

而那个时候，我的孩子，他端着他的相机，一个人坐在水池边，拍下了这张照片。

这似乎是一个极具挑战意味的秘密。

我的几千张敌不过他的一张。

成年人总习惯追寻别人的艳羡，投出自己的崇拜。很多时候，我们该学学孩子，放下贪图热闹的心，把目光从远处的天际收回，投向自己的内心，做孤独该做的事。

二

黄昏，绕三溪浦小道开至水库深处，意外发现一片水杉林。停车步入其中，目光从它们身上滑过。深秋，杉树像迟暮的老人，皮肤干枯皲裂，一地落发；它们肃穆地列队，像是一场魔幻的邀请，示意我通往遥远的绿意。我按下了快门。

习惯驱使我继续深入。下意识又驱使我转身。

一念之间。

转身。在层层叠叠的杉树林里看来时的路，山不再琐碎，水也没有了寒凉，它们隐身在淡淡的雾霭里，眉眼开阔，与世无争。一个孤独的影者长久伫立。

前方通往深幽，来路一片开阔。更喜欢前方，还是身后？

张爱玲说人生很短，一转身就是一辈子。赶路太过匆忙，忙着对付童年和芜杂人事，总是忘记了来时的路。生命无常，却要常转身看看，当初的热爱，它们还在不在。

三

江北货运老站被改造成了文创中心。锈迹斑斑的铁轨完成最后的使命，成了一处风景。也算是寿终正寝。

曾经的月台改造成颇有情调的咖啡馆，落地玻璃窗外，陈列着一排工艺品。我从它们身边经过，目光被一个摆件所吸引。这是一个纯白的铁艺面具，面盘皎如新月，唇鼻凹凸有致，眼睛镂空，线条轻盈柔和，像是在闭眼静思，又像是垂眉阅世，看过去是天使化身凡间的模样。

太阳穿出云层，皎洁的面容洒上金粉，闪闪发光，我在心里赞叹艺术的神奇。可当我正打算移步离去，却发现阳光投下的阴影产生了另一种画面——原先白色的面盘成了黑影，原先镂空的眼睛在黑影里睁开了，眼神里透着狡黠，写满阴谋，邪恶得令人发颤。

是天使还是魔鬼？我拍下了这诡异的一刻，画面一半是天使，一半是恶魔。

这几年，世界也翻转得好快，只要一束光线。他曾被万众翘首以盼，却一夜之间遭万人唾弃；他曾经被判为罪人，却一夜之间被奉为英雄；他们曾经被驱逐被消灭，却一夜之间被请上台面，轰轰烈烈……前一秒还是悲痛欲绝，后一秒就歌舞升平；被这样写也是历史，被那样写也是历史，反正都是浪潮，后浪永远裹住前浪，没有记忆。

有时我们也是这样，随着时间钟摆的每一次起落，在两个念头中摇摆，做出一次是邪恶，一次是善良的平庸选择，还执着于饭桌上与父母的一次深明大义的辩论。

四

那张照片里的小女孩很像曾经的我，父母忙着上班，只一个人守家。留着一个不用梳的头发，穿着脏脏的却很喜爱的粉红色连衣裙，趿拉着一双蓝色拖鞋，一个人坐在台阶上啃苹果。

从三市路走过的时候，我在一家杂货铺门口拍下了这个小女孩。她的眼神打动了我，人来车往的花花世界，她只盯着手里的苹果，心无旁骛，仿佛是她小小生命里的所有。

每个人的童年里都有这样一只苹果。

得到，又遗失。

万幸，它在那一年又被重新捡拾。在与文字和影像的对话里，找到一个心可以倚靠的地方。但是苹果，已经没有当年的鲜美，遗憾时时涌起。于写作，童年的想象，不受禁锢的表达，是时值中年的我再也难以抵达的彼岸；于摄影也是如此，捕捉万事万物之间的联系，与之产生的想象，以及形式语言的积累，也就是美感，缺失了童年的灿烂，也变成扼紧发展的魔爪。

我就这样爬着爬着，刚出发不久，已步履蹒跚。处处皆是如此，或者醒得太晚。

不过，种一棵树，最好的时间是十年前，其次是现在。不是吗？

幸好罗伯特·弗兰克说："现在，你可以拍摄任何东西。"

我问孤独

很想弄清楚孤独是怎么回事。

屋子里剩下我俩。孤独就坐在我的身旁。

我问孤独。

孤独你是？

它不予理睬，自己玩自己的游戏：

什么东西一被提起，就会消失。

我捧出一个花盆，里面装着我们的孤独，我一件一件翻看。

坐在对面那个与我谈笑风生的人，他笑得像朵食人花，我笑得像片纸花。

坐在对面那个与我谈笑风生的人，说不能与我同床共枕、同归于寂。

坐在对面的那个人，把我从上到下审查了一遍，在青春痘上停留一秒，在法令纹上停留一秒，从我平坦的身上一笔掠过。

我没时间给你一个当下的回复，还是给你写封长信吧。然后我搁笔循望，世间便查无此人。

你读完一本书，掩卷覃思，浑身酸胀，泪觉敏感，原来你被关进了书页，陷进了书页里的那一行：奥雷里亚诺，马孔多在下雨。

你们彼此都是风景，你们告别一声幸会。

他酒过千巡，月高山小，慨当以歌，无人应和。

他一天看四十三次日落，他是个王子。

他在千山暮雪里，前不见古人，后不见来者，万事转头皆空，只影向谁去。他喜欢什么不好，只喜欢三更雨里的梧桐叶，四五点星下的鸟呓语，披衣起身，梦魂难觅。

还有长时间的安静，漫无目的地游荡，戛然而止的繁华之后，吐茧自缚，以及一个男人的意大利面之年，一个女人负责独自思念她们仨。

孤独并非在沉默。它在每个人身上喘息，只要静下来就能听见。

找到另一个质数，联手对抗孤独。可二与三之间，隔着二点九九九九九九个无穷无尽的人山人海，不是披星戴月、斗破苍穹就能抵达。孤独的人，只会用眼睛去看生活，总是对别人存在饥渴。

与其互为人间，不如自成大海。

能求的就只有自己，俯下身去，伸手邀请黑暗深处的你自己，找到避世的你和可爱的你，温柔的你和粗糙的你，野蛮的你和从容的你，烂漫的你和幽娴的你，猥琐的你和发烫的你，曼妙的你和狂妄的你，找到芙蓉如面的你和手起刀落的你，天马行空的你和狼心狗肺的你，达则孔明的你和穷则渊明的你，大器不成的你和笨鸟迟飞的你，苦尽甘来的你和无人问津的你。

稍加整顿，一个人也可以千军万马。有了宽厚严明的纪律，进可以拼梦想，退可以守心园。

每个人都千姿百态。意识到这一点，当我们再把期望投到人群里的时候，就会多一份释然。就像你看到过的每一条江河，有的地方宽阔，有的地方狭窄，有的地方水流湍急，有的地方水流平缓，有的地方澄澈明净，有的地方浑浊不堪，有的地方冰凉，有的地方温暖。又何必为下意识里确定的对方的愚蠢与冷漠为自己竖起心墙，使自己孤独呢？

世界上唯一可以确定的事，只有死。而把孤独当成是死亡一样确定的事时，人生就多了俏皮的挑战，冒险的勇气。比如把爱情和感冒放到一起对比，把梦想和猪油一起腌制，借万物的眉眼鼻舌去表情达意，仅有的一次人生，过得足够炽热就好。睡前锤醒一切，醒来不计过往。

最后，做一件除了赚钱以外，再做一件为之痴迷的，能赴汤蹈火，不断投入心力，最终也得不到钱的事。至于那个他，和他站在一个数列里，保持尊重的距离，满足并肩的幸运即可。

我想起青涩时的孤独，回忆里是一件多凄美的事，图书馆白纱帘一本书披肩长发。长大后，我才觉得它是一件顶浪费时间的事。事到如今，孤独还能是一件事吗？从睁眼翻身下床做早餐，到送儿去学习，间隙买好菜跑家装市场，再把儿接回，烧菜洗碗打扫卫生烧菜洗碗检查作业连带配送夜宵，比流水线和下水道都要顺畅，仿佛是托马斯全旋起倒立转体一百八十度接托马斯转体九十度起倒立接正交叉转体九十度经单环起倒立环上全旋团身后空翻下，最后像一棵树一样稳稳扎住，一天结束。

丢了名字的女孩

一

陪伴她大半辈子的千功床拆了，她躺在屋中间的灵床上，脚边点着一盏长明灯，烛光如豆。她的孩子们跪在屋子里，前排的双鬓斑白，后排的已学会走路。

老僧人披着黑麻长衫，立在床边。手里的瓦钵上上下下地晃着，零零隆隆：

白银三斗！

有！

黄金一斗！

"有！"男的女的，老的小的，一起和着。

白银、金子、铜板撒在她凡间的身躯上，她的睡容平静而安详。

"老太太无病无忧，走得爽气。"大儿子说。

"是的！"

"老太太这么多子孙，个个都孝顺，福气真好！"二媳妇说。

"是啊！"众人应和。

小曾孙抬起头，盯着八仙桌上的牌位，一字一顿地辨认，章，春，香。

大家记起来了，老太太原来叫春香。

可大家都忘了这个叫"春香"的女孩生命里经过了什么。比如暮月的朝露，秋日的残菊，夏日河畔的邂逅，冬日窗边的守候。"老太太"三个字，只是大家每次鞠躬抬头看到的皱纹与笑颜；或者是不知什么时候，由"妈妈"蜕变成了"奶奶"，由"奶奶"蜕变成了"老太太"。

为了不再把她的名字弄丢，孩子们把她的名字刻在了墓碑上。

坟前，孩子们都走了，一个老人拄着拐杖来了。他眯着眼，望着碑上的名字，口里含糊不清地念叨着："咱不是说好了，做不成夫妻，就做邻居，每天见着还能说说话。好啊，改地里去了，清净地啊……我也喜欢。"他看了看手里的几枝梅，又说："那年春天的花是真香，我记着呢，给你带来了，春香！"

二

她大学毕业，应聘到发展前景最好的互联网公司。招聘官很年轻，拿起她的手机查看。机智如她，早已下载这家公司的 App，顺利入围了笔试。

面试时，主考官问她："之后的工作强度会是 11116，十一点上班，十一点下班，一周工作六天，你能接受吗？"

大公司的坦诚让她欣赏。她笑答，年轻，就该一拼。

之后的每天，她带着精美的妆容，蹬着高跟鞋，与一大群互联网人挤在十一点的打卡机前刷脸上班。对于迟到一分钟，扣罚三小时薪酬的规定，她嗤之以鼻，哪怕前一天加班过凌晨。

一月至少三百小时的工作时间，让不少同事主动离职了。而她在宝贵的单休日里，没有约闺密逛街看电影，也不想和歌友在KTV纵情放歌。她只是捧着咖啡，听着喜欢的歌单，躺在出租房的小床上，梳理着一周的工作，梦想自己的未来。

三个月轮岗考试，她在几百个人里脱颖而出，得了第一名。

她又被委以重任，调岗到外地，只有不到一周的准备时间。

从零开始，她和她的同伴们互相打气，一起拼搏。哪怕连续工作三十多个小时，也不知疲倦。

可她死了。

下班路上。

再一天就迎来新一年的下着雪的异乡街头。突然就倒下去了。

入职时，公司要求每个职员起一个"花名"，或许是为了扁平化管理，营造轻松的企业氛围，提高工作效率；或许是避免同事之间产生工作以外的感情，大家都以花名相称。

大家都亲切地叫她"润肺"。

她死后，她的同事们，却没有一个敢公开地提过这个女孩的名字，甚至她的花名，微信群没有，朋友圈更没有。

公司的吉祥物上刺着两个字：本分。

三

重翻《朝花夕拾》，再读《阿长和山海经》。以前总把阿长（第二声）读成阿长（第三声），这次读，又多了份愧疚。

长妈妈是迅哥儿家的保姆。而鲁迅故乡绍兴一带，并没有人姓长，而且"长妈妈"生得黄胖而矮，也与"长"字搭不上边。只是先前的先前，迅哥儿家有一个女工，生得很高大，被叫作长妈妈。可是后来真的长妈妈回乡去了，这个姑娘才来补她的缺，然而大家因为叫惯了，就没有再改口，于是她从此成了"长妈妈"。

又是一个丢了自己名字的女孩，活在别人的人生里。

四

这世上，没有几个女孩能如呦呦鸣鹿，食郊野蒿草，得人间盛名；也没有几个女孩能叫草间弥生。很多女孩只平凡得如一芥小草，"妈妈、外婆、奶奶"那样卑躬屈膝地养儿育女，延续后代；"润肺"和"长妈妈"那样努力工作，祈盼接近太阳。可每种小草都有名字，比如芦苇、蒲草，比如牛筋草、钻叶紫菀。而她们活着活着，却不小心弄丢了自己的名字。

记得童话故事里白龙对千寻说，汤婆婆会夺走人的名字。一旦名字被夺走，人就会忘了自己的名字，只知道工作，无法回家了。你看，早就有人预言了一切，却还有这么多人重蹈覆辙。

长妈妈只是书中的人物，太奶奶虽然弄丢了名字，音容笑貌却永远留在后人记忆里。而那个可怜的女孩"润肺"，直至死后，人们还不知道她被剥夺的真名。但我们心里知道，她的名字是被资本的傲慢夺去的。资本却看着上涨的曲线狡辩说，这是一个拿命来拼的时代。而且，它们总是故伎重施。

罢了，她被剥夺的名字，不过是世间行走的一张通行证而已。现在，她已不再需要了。我们却会永远记得。

被记得，就永远也不会真正死去。

不过，女孩，不管是现在的、将来的，还是曾经的，总得专心书写你的名字，擦亮你的名字，让它散发出一种独特的生命光泽。

如果没有灵感，就再去读读那些童话故事。

比如，"千"找回"千寻"的故事。

对白云的赞美

对白云的赞美

天上的白云真白啊

真的，很白很白

非常白

非常非常白

极其白

贼白

简直白死了

啊——

　　坐在飞机的舷窗边看云，脑海里突然蹦出了这首诗。眼前的白云很白啊，我因白而感动，因感动而赞叹，非常白，非常非常白——起于情不自禁地吟诵，进而感怀，而后悲壮，直到笑眼开出泪花，化为一个百感交集的"啊——"。

这是一首好诗吗？我想我大概是疯了。就像新闻里说，拍卖行新拍出了一幅传世名作，价值一点二亿，我仔细端详——白布上甩了几粒白点。

这一诗一画，似乎丢掉了人类所有的探索和追求，把一切都打回到了起点，艺术难道如此肤浅？我低头看我的笔记本，纸页也在支支吾吾。

我想起一次和孩子们一起写作文，写着写着，笔头越来越生涩，找不到一个准确而美妙的词语来描绘当时的情味。于是，我叹着气说，唉，我又丢了一个词语。

身边的一个孩子听到了，说要帮我一起找。他这样问我：

这个词语长什么样？

是什么颜色的？

个子高吗？

跑得快吗？

是甜甜的吗？

会叫吗？

我语塞了。在孩子面前，我发现我丢失了一种曾经拥有的本能，一种用精细贴切的语言去描绘事物的本领，一种去捕捉、形容、解析与表达眼前之物在脑海激起瞬息万变的灵性的本领。我被看不见的魔鬼羁押，勒令只能说出粗糙的大话或者陈词滥调去缴械投降。脑海影像生动，但表达却只剩，好的，真棒，牛，好看，难吃，不忘初心，奥里给。可偏偏我又健康滋润，工作顺利，活得很好。词穷字白不是病。

的确谁都难下定论，它们是否一首好诗，或是否一幅好画，它们没有诗情，也没有画意。

回味灰烬里一缕没有燃尽的烟。记得第一次坐飞机，我看着舷窗外的天地，写下了城市可大可小的想象：飞机起飞，腾云驾雾，形若游鸿，扑展双翼，我引风拉雨；飞机落地，山河壮阔，建筑变大，人烟四起，我在沮丧里变小，小到如同一粒光子，扎入欲求与荣耀之战中。而现在为什么只剩下了一个字，"白"？

在没有飞机的上古世界里，烛龙也睁眼为日，闭眼为夜，不息不眠，以风雨为食。现在，天地间的纵横，山岭间的腾跃，过往与未来在当下穿梭，只需要虚拟数字就能变成眼见的事实，谁还在乎真相曾经具有那么多细节，细节带来哪些想象，想象引发怎样石破天惊的思考与洞见，它们都那么迷人，值得用文字描摹、回味、传播。可惜，目前一切只需要热热闹闹，蓬蓬勃勃就好——啊，赞，去，白，崇拜或批判，短促有力，掷地有声就好。

此刻，笔头的金尖处在哀伤里，绵软乏力，像垂在衣架上衬衫的袖口，湿答答地滴着水，在空气里扑灭一粒光子。阳光一拃一拃地爬过舷窗，我只看到停在舱壁上的几粒灰尘和很白很白的云。

乌青写的是不是诗，是不是好诗，我现在觉得，是评判标准不同罢了。

诗的价值不仅仅在于艺术本身的价值，在于它是否出现在一个特定的时期，特定的环境，石破天惊地，赤裸裸地摆出一种司空见惯的常态，像一只灵鸟飞出了我们思想的边界，像那位发誓一生都要住在树上的男爵一样，俯视世俗生活，以离群索居的叛离者身份，将自己的生命与大地紧密相连，给世人呈现出肉眼见不到的真实。《对白云的赞美》写在了语言无路可走之处，在苍茫天地中留下了第一个脚印，喊出了第一声求救，它让我们思考语言与文明之间千丝万缕的联系：语言是一切文明的基石，文明化后的产物，文明为什么又要时时刻刻钳制语言的发展；而多了语言的空洞敷衍，文明会不会就此走向衰竭？

像一只蚂蚁，诗人在写有文明和语言的莫比乌斯环上不断地迷茫，仰望白云。这是一首好诗。

据说，每天有 75 种动物在灭绝，那么每天又会有多少字在无人使用的角落里死去呢？我查到东汉的《说文解字》收字 9353 个，清朝《康熙字典》收字 47035 个，2010 年的《汉语大字典》收字 60370 个，而现在，国家语委统计常用字大约只 3500 个。汉字经过了一个急剧膨胀期，又进入了一个萎缩期。

不过我们相信，在 3500 个字的不同排列组合、语气语调中，能组成无穷无尽的表达。刘慈欣笔下的李白站在南极，看到了冥王星轨道上横亘着一亿公里的诗云。只是人的观察能力有限，理解能力有限，描述和记忆的能力有限，人一向拙于应对无限的事，就像历来哲学家、数学家对无限问题的追索总是难以穷尽。当人的有限存在对应文字的浩瀚无垠的存在，词穷是难免的事。

我曾经无数次问父亲，问他在河边呆呆坐了一天，吃尽了冷风，却没有钓上一条鱼，为什么还要去钓鱼。

父亲说，这不重要，重要的是我在钓鱼，钓鱼让我快乐。

我在。这两个字总是石破天惊地出现。

是的。在寂寂的春山里，在书页里，在红叶煮的酒里，在教室里，在无香的海棠花里，我们有热爱，能在短暂中自由地学习思考，拓宽我们的有限。

　　落地回家。猫睡了。猫把圆滚滚的身子团进侧靠着的收纳箱里，热烘烘的。它的两个爪子枕在脸盘下边，肉垫、鼻子和耳朵都是粉红的。一阵喷喷的响动，我注意到它是在梦里吮吸，吮吸四五下，粉红的小舌头伸出来，绕着嘴巴舔了一圈，又是鼾声连绵，像一朵早樱在淡淡的冬阳里初绽，谢去，继续蛰伏。

　　孩子也睡了。用被子团了个窝，只有鼻子露在棉花褥子外面，睡得像艘潜水艇。黄昏金色的光从帘外挤了进来，浸染着这个青春期的孩子，他的鼻翼随着呼吸翕动，细密的绒毛匍匐着一圈光晕，还有婴孩的气质。鼻尖刚冒出一粒痘，在山峰上伫立眺望，一派桀骜不驯。平日里孩子也不恼它们，任由它们一波一波地起，一茬一茬地落。等脸上的风波消退，他会成为一个成熟的男性，在人生的海里起伏。

　　整个午后，猫和孩子都沉睡于梦境中，直到黄昏落尽。黄昏在我的整个感知中，永远布满诗意。而当下，此起彼落的鼾声，是城市边缘连绵的四明山脉，是落日余晖下粼动的东钱湖水。鼾声连接了我与黄昏，甚至过去、现在、未来都被紧紧地连接在一起，像一条不息的河流。我端起一壶茶，靠着窗坐下来。

　　把这一切写下来。

　　我的热爱。

　　生命有限，要浪费在美好的事物上，是这首诗给我的另一个启示。

·

猫啊，猫

今天我单讲两个公猫零零碎碎的闲事。

猫爸的全名叫"马里奥·贱贱"。

"马里奥"是大名，洋气；"贱贱"是乳名，你品。

它就是动画片里加菲猫的模样，橘花，肥头圆脸，餐餐吃牛肉。

上好的牛腱肉买来，切成小块，掐好时间，沸水里一焯，刚好十二秒，躬身给它呈上。已是御食，但别期待它感恩戴德。它先左右鉴赏一圈，再用小舌头舔走一块，仰起脸细嚼上三五分钟。进餐的这半个多小时，你得在一旁候着，观察它的神色，若是脸庞转向你，干净利落的一声喵，八成是吩咐你继续上菜。遵命，我们的马里奥。旋风般递上一粒奶片，一包添加茶多酚的金枪鱼条，像是伺候一个儿子。它才舔舔嘴巴，满足地选一个阴凉洁净、视野开阔的高台，把浑身上下的毛儿一根根舔上一遍。

有时，它又会找一个适宜的角落躲起来，待上整整一天做黄粱美梦，让你遍寻不到它。起先你宠溺地骂它畜生不知好歹，它不理不睬；后来屋子里空落落的，你就只好变着调子呼唤它，"我们的马里奥——"，它依旧不动声色；想到待它不薄，日日好吃好喝供奉，但换得这般始乱终弃、忘恩负义，便操起扫帚柄子往沙发底下扫荡，花盆缝隙里乱戳，折腾得一屋子乌烟瘴气，它还是不现身。

气急败坏之时，忽见阳台橙光一道跃下。捶胸顿足地追去，趴在五楼高高的窗栏，往一楼灌木里寻找尸首，祈祷万劫不复的阿鼻地狱拒它入内。忽然，喵的一声自身后风淡云清地飘然而至。

那家伙并着两只毛茸茸的小蹄子，泰然自若地蹲坐在你身后，还歪着圆脸盘子，眨着圆圆的琥珀大眼睛，一脸费解地看着你。感情你刚才的埋怨、想念、愤恨与死去活来，在它的眼里，只是一出好戏而已。哭笑不得，只得一声"我们的马里奥——"，把它搂在怀里，任它糙糙的小舌头，刺啦啦地舔你的手腕，还得暗自庆幸终归拨云见日。

但有时候，哪怕是一个晚上不见，它也觉得是度过了春秋数载，对你的思念漫山遍野，浩瀚决堤。早晨你迷糊地打开房门，它一听你起了，便从楼梯上像小马驹似的嗒嗒嗒嗒奔下来，边跑边唤你。照说这摄人心魄的一声"喵——"，该是个急吼吼的、不间断的长音，却被楼梯的颠簸震颤成了"喵——袄袄袄袄袄袄—袄袄袄袄袄"，一夜的想念在颤音里一圈圈漾开，满屋子都被它的娇滴滴给占领。

我们的贱贱的见面礼这才行了一半。随着惯性一溜下来，它的眼睛却不顾及自己的步子和高高的台阶，只是直勾勾地看着你——把你今早的心情表先翻阅一遍。

一旦有给它点阳光的意思，它就全然不顾风雅了。径直跑到你脚边，扑通一倒，四只脚直直地侧躺平，把原本就没有的脖颈伸长请你挠一挠。头太圆，身子也圆。

不过，它对空间的把控能力总是明显不足，躺倒后见你没反应，就仰头四下查找，哦，发现躺得离你还有两三米远，立即扭着屁股和身子，拖着尾巴，像一块抹布似的移驾到你脚边，再把原本就没有的脖颈伸长，求你挠一挠。

小祖宗享受着你的抚触，浑身的橘毛舒张开来，蓬蓬的一团。喉咙里吐出一串串幸福的小水泡，咕噜噜，咕噜噜。尾巴尖的那撮白毛，像是个乐迷的手指，和着小曲，嗒嗒叩着地板，打着拍子。看着它笃定的节奏，你就能断出它心里头哼的曲子，八成是《浏阳河》之类的曲调。煞有其事的尾巴让人忍俊不禁，不过往小里看，不过是截蚯蚓的尖脑袋罢了。

左脖颈的欲望填满，它扭着肥硕的腰一百八十度翻身，讨你挠它的右脖颈。咕噜噜，咕噜噜，毛尾巴接着唱戏。待到所有欲望满足，它才郑重其事地站起来，抖擞抖擞毛发，绕着你的脚丫子走上一两圈，用身子和尾巴搔动搔动你的肌肤，草草行个嘉奖典礼，然后跑一边睥睨众生去了。

但如果让它发现你还带有一丝起床气，它多半在离你三四米开外的地方，并着毛茸茸的小短脚，一本正经地蹲坐下来，可怜巴巴地用圆脸盘、圆眼睛指责你。刚从梦里醒来，总是不容易分清楚谁是主人，谁是仆人。

本以为自己智商不高，驭一只喵星球里最蠢的加菲总绰绰有余，顺带享受它洋气的服务与讨好，体会它不离左右的陪伴侍驾。没想到这些宠物天生就有把主人拿捏在手里的本能，它们早已算计好了何时能让你开怀畅笑，怎样让你悲伤焦急，如何让你好生服侍，让你三魂六魄都为它肝脑涂地，甚至拜了它为主子。

颠鸾倒凤。

我们的马里奥·贱贱。

后来，马里奥二世诞生了。

背黄胸白，毛乎乎的一团。

三个幼崽中，它一出生就显现出了超乎常猫的逻辑力。比如它最早厌倦翻滚、拳术、伏地挺身、追逐自己的尾巴和人类的挠猫棒这类把戏，会仙风道骨地蹲坐窗台上，凝望楼下的花草树木与街道，目光跟随行人的来往。还能够凭借相同的密码锁开启声判断来客。门外脚步声渐近，它就蹑手蹑脚地潜伏到门边，像是个玩躲猫猫的孩子，拉长一只耳朵探听风声。娇媚地叫唤，准是男孩回家了；一个箭步跳开，飞似的跑回猫笼，一定是有视猫为长毛怪的外婆等人大驾光临。它用什么分辨人与人之间的不同？样子？气味？声音？还是我们看不到的，散射于我们身外的一种幻彩？

我每早六点半走出卧室，迷迷糊糊去厨房准备早点。马里奥二世孤寂了一个漫漫长夜熬下的所有热情瞬间开锅，学老猫叫，学猫崽叫，一声比一声叫得洪亮铿锵，见我没有理睬，又嗲里嗲气，像是女明星张嘴说话，弱柳扶风声声慢。

有了马里奥二世，男孩起床不用再设闹钟了。

每天六点半。我没起床，它也准时叫早。

双休日也停不下来。

对一个人最大的鄙夷就是对他熟视无睹。二世却不以为然，它总道高一丈。比如，见我们不去理睬它，就把叫声"喵"在中间掰开，插入一段诡异的爆破音，类似于"mia—八—o"！再或者撞开猫门（有时是拍转猫门钥匙），瞄准男孩的那间房直奔而去，用巴掌大拍大叫，大意是，快醒醒，上学要迟到了，赶紧的——

从来没有见过一只狗为了看家，一只鸡为了打鸣而这么绞尽脑汁、费心费力过。

甚至有点像我的母亲。

我们恼恨地把它请回猫笼。回转身恰好看到猫笼正对着的墙上，挂着一个四四方方的石英钟，钟面上秒针啪嗒啪嗒地跳。

考虑妥当后，我们换了个有星期牌的石英钟。

猫是一种灵异的动物，如果单从这一点想，这些或许出于它们的本能。我真正察觉出它的异样，还是从一次不经意的对视起。那日晚饭，我接了一个电话，看着一桌已快散去香味的好菜，听着电话那头的焦躁不安，而这家伙又不识时务地催我去加猫粮——我愤怒地瞪了它一眼，把嫌恶丢给了它。

没想到目光落在它身上的一瞬，二世的表情就凝固了，嘴张着，"喵"的"m"音在空气里尴尬地飘——是觉察到我的厌恶！——它用琥珀色的眼睛直直盯了我三秒，眼神像是仇家拔出的寒剑，我心里一个哆嗦——然后——它的目光在空气里萎缩，那把冰做的寒剑逐渐消融——它吞了口唾沫，把"i"和"ao"这两颗马上要冲口而出的小石头子儿，默默咽回了肚子里。

我们还记得它刚出生的模样，像一只极小的孙猴子，边吮吸边用两爪推挤着猫母温暖丰硕的胸怀，然后含着乳头昏昏沉沉地睡去醒来。此刻，我们却不得不怀疑，在马里奥一世与二世的进化过程中，在几百个与人类朝夕相处的日子里，它们逐渐与人形成了一种平等的关系，而非那种寄人篱下、俯仰由人的主仆关系，逐渐褪去了作为猫的那部分自我，比如说猫独有的尊严、自由和诗意（猫的），慢慢接受了人类生活的方式，喜欢上了人类，甚至习惯了用人类的方式沟通，发明出一套只用于与人类交流的语言体系，从而在思想上逐渐开始了一种人化的进程。

简而言之，猫或许会将自己的一部分想象成人的模样。和电视里的贵族一起就餐，婴孩一样等待母亲的爱抚，学着男孩的模样不甘不愿地接受一个母亲的斥责，或者把自己当成了一个勤劳的母亲。

那么和猫长时间处在一起的人呢？是不是也会情不自禁地柔软地团成一团？

很多时候厌弃沸腾的群居，只喜欢安静或是热闹的独处。

有些时刻莫名其妙地选择冷傲、倔强和愤怒。

对依恋、尊重、距离有了更深刻的认识。

呆呆地凝望窗外的黄昏，突然冒出半句诗或一滴眼泪又咽了下去。

在开门的一瞬间冲过去，使劲蹭开门后遇见的第一个人，使劲蹭，然后抬头，一脸信任。

毫无顾忌地享受自由，把日子过得像烟灰一样松散。

或者，只要一闭上眼睛就能睡着。

倒是挺想做个像猫一样的人。至少证明人也只是一种动物，不会轻易看重一头大象，也不会轻易藐视一只蚂蚁。

每日出门上班，我总对它说："我走了，再见。"它趴着，不解地看着我。

还好，一只猫不懂得告别。

一切都是风景

一

这是梦里的兴安岭。无边无际的雨丝随心而起，随心而止。阳光落下来，落在升腾的水汽上，落在树木舒畅的呼吸上，白桦沧桑的树皮泛起了光泽，雪松的针叶上顶起了银珠，蜿蜒的大河静静地穿过丛林，像揽着孩子们入睡的妈妈的手。

土黄的泞泽小道在白桦的簇拥下，悄悄地向前伸展。

车子戛然停下。

你好，大兴安岭！

没有回声，每一棵树都在戒备。

眼前的蒙古汉子一挥大手，率领我们徒步进入森林。失去熟悉的石头台阶，失去可以护卫的扶手，森林里只有我们害怕的心跳声。四处是突兀的断木，上面布满各种绿色的苔藓，直直横横地埋在厚厚的落叶之中，阻挡我们的去路；上方，云杉、白桦、樟子松肆意地占领着地盘，刺来各种刀剑似的枝条，对抗我们的入侵。

身前和身后都没有路，我们被密林挤压，无助地待在原地。谁才是这个世界的主宰？只能选择臣服。我们跟随着蒙古汉子，用卑躬屈膝的动作，小心翼翼地跨过腐烂的白桦树皮，钻过树枝叶间的缝隙，用征询的语气求得对探访的允许。

阳光在叶间跳跃，在每一簇清丽的藓草上飞奔。当我们俯下身子，用虔诚膜拜森林，它才向我们展示它的可爱。

那丛枯树枝中立着一朵菇，手掌大的伞面是鲜红的，洒着几缕金色的流丝，一定是被调皮的孩子举着，阳光下也不肯收拢；这边落叶堆里冒出两三顶金黄的小帽子菇，好像刚刚喷过水雾，从面包房里推出来，还散发着光泽与香味；那段枯木的背阴处散落着一群大大小小的橙红菌菇，刚醒来，伞面还收紧着。身边的蒙古汉子带我们采蘑菇，我看到他阳光下的眉须像是白桦树干上的黄叶，他的眼睛像他的马儿一样清澈，他的臂膊像有力的松枝，而他的手，拨开蘑菇边上的草叶时，是那么温柔。他和树在一起，分不出彼此。

说是采蘑菇，不如说是找蘑菇，我们都不忍心打搅小人国里的好梦，不愿它们被迫反抗。于是一路穿越，一路发现，一路惊喜，淡紫的，雪白的，棕褐的，这儿一簇，那儿一朵，大兴安岭用自己独特的方式接纳了远道而来的我们，在看似山穷水尽的绝望中，不断赐予着我们微弱的希望，连成一条不断向上攀登的路。

原来，谦卑站在谦虚和自卑的中间。

二

行至临江，已日薄西山。

我们站在岗上远眺日落。

云层很厚，一大团一大团的灰白色，连成片堆积在西边的天空。夕阳在云海中逐渐沉默，偶尔穿过间隙，射出几道金光，渲染了远处如黛的山脉和山脚下的麦田。从麦田铺展下来的草原，绿得发黑。额尔古纳河从西边的远山那儿来，绕着眼前的山头，画了一个大大的马蹄形，向北静静地流去。北面的天空是青蓝色的，云彩泛着紫色的浪，翩翩地飞着。

恍惚之间，夕阳突然跳落，在云层与地平线之间的那道狭长的缝隙中，射出它离开前的最后的光芒。这光芒从一个点出发，向天与地四射开去，眼前的万物在这一刻，都镀上金光。人群一阵欢呼。远山层叠的淡影，麦田，甚至是近处的草原，都显出迷离的色彩，像一层一层的海浪，金黄挨着墨绿，进而翻成了浅绿、淡黄，又忽地卷入额尔古纳河深情的沉寂中。

最后，太阳扑通一声跳下了那座黑山头。黄昏的光线多么温柔，天要盖上夜的盖子了，所有的云，所有的山，都慢慢地静下来，恢复了原来的样子。观落日的人群在哗然中离开，岗上安静下来。

出乎意料的，天边厚厚的云层慢慢变薄，扯出一缕缕、一团团轻柔的棉絮。夕阳为它们抹上了一层橙黄，在凝注的青蓝底色上，显得那么鲜亮，那么清澈，正在我们沉醉时，橙黄又化为深深浅浅的橘红、绯红，然后每一片云都红得像起了火，连成一片，铺满了整个天空。是谁在吹嘘黄昏？是谁在驱动战车？是谁在熔炉里涅槃？我们满怀敬意。世界如此安静，天地之间只有一个行吟的歌手，荡气回肠地吟唱草原深情的歌：风从草原走过，吹散多少传说，留下的只有你的故事。静静的额尔古纳河在云的歌声里，像一个婴儿。

过了一会儿，渐渐隐退的残红，消失在夜的静谧中。

黑塞说，没有永恒这个词，一切都是风景。

寒山寺的鱼

寒山寺。放生池。

鱼。许多鱼。着苏绣锦衣，丹红、明黄、乳白，揉进浓稠的绿水；芙蕖般雍容的身姿，轻侧徐游，漾起厚厚的涟漪，不屑泛动斜阳的碎金。

我听到鱼说，她曾是佛前的鱼。她安静地在池中游弋，不向往飞鸟翔翼的蓝天，不追寻风走过的大地；而且哪怕佛从来没有低头垂怜过她，她还是甘愿做池中物。因为她用生命敬畏的佛要聆听凡间愁苦，普度众生。

贴水而建的木栏小平台上，那小童还未抖落十元一包的食粒，鱼便拥来争抢。佛前的鱼，是有双慧眼，不仅看得清水中的纯粹，也能看穿空气中的繁华。就这样欣欣然地聚拢，张着铜板大的嘴，露出一个个深不见底的黑洞。恍然间，似看到内蒙古草原上为鹿草疯狂的神鹿，似看到医生双手捧起嗷嗷待哺的婴孩。生命，各有自不舍不弃的力争，争取生下来，活下去。

接着，拥挤的妇孺们争先恐后，伸手去抚摸那些鱼。抚摸她们的脊梁，抚摸她们的鱼鳞，试探她们张合的嘴和闭不上的眼睛。穿越了两界的手似乎得到了神明的照见，在阳光下熠熠生辉起来。而鱼，像娃娃一样被抚摸，不以为意，还乐此不疲。

回头看寺。明黄在脑海中曾是世外的象征，此番却被粉红所取代；法堂顶上的祥瑞也不再是麒麟、天马或鸱吻，西天取经的师徒四人竟用动漫的姿态占据了高点。僧人们这样慈悲为怀，体念众生。

鱼，也非池中之物了，它们开始向往池水以外的世界。

我怅然若失，想到昔日寒山问拾得时，拾得说：只是忍他、让他、由他、避他、耐他、敬他，不要理他，再待几年你且看他。

没有月的海

今夜，星光惨淡，海上没有月亮。

像一团烈火熊熊燃烧、熄灭、冷却，对黑暗的敬畏与恐惧会慢慢消退。我贴着海浪奔跑。我听到自己的呼吸声与海潮渐渐融为一体，原来海也是在呼吸，也是有生命的，一浪奔来，它叩击礁石或沙滩，吐出心中的愤怒；一浪回退，海的胸脯又纳入新的气息，积蓄新的势能，叩响下一次澎湃。我跟随它的节律调整自己的步伐与呼吸，原来海里鲸鱼们的对谈、海龟们的呼噜、珊瑚虫的冥想和海葵开花的笑声，组成的是它的心跳，它宽广的胸膛因此沉稳而热切地贴着我起伏，在这样一个黑洞洞的夜里，在地球千千万万年的时间里。

海风从来不按限定的路数来，也从来不按规定的目的地去，黑暗中，我想象它们从松针间狭小的缝隙里穿过，从嶙峋的碣石上跳过，推着云走，托着海鸟飞，站在海中央的灯塔上。整个天空，都是它的来路和去路。它们在我耳畔讲述渔民的艰辛、愚人的情意、坚韧的愚昧、崇高的野蛮，所以我听到海风的声音里也有悲恸、愤怒、欣喜、呐喊与纯真。当它们拂过海面，发出哗哗的声音，我知道它们得了大海深情的回应。

夜深了，海浪随风越卷越高，又重重摔下，冲到岸上，一个湿漉漉的巨人从海的深处苏醒，准备再一次与黑暗展开搏斗。虽然大海浩浩荡荡，无处不在，但战斗暂时难分胜负。那些礁石，常年冥顽不灵，恪守所谓的标准塑造自己的形象与权威，企图威吓一切；即将落败的沙滩也是，看似紧张得板结起来，但是脚一踩上去，就深深陷入其中，它们也提前布下了陷阱，在使阴谋诡计。不过，大海对领地的每一次捍卫，都足以让人胆战，更何况是自开天辟地以来，它一如既往地坚持，所以哪怕对手再坚不可摧，也会被逐渐改变存在的面目和体格。

大海不同于人类，不同于其他万事万物。它不像土地那样常年沉默隐忍，不像天空一样故作高深，它率真洒脱，敢爱敢恨，更不易被人类驯服，因为它庇佑着这片领地与领地里所有的生物，独立而永恒。所以，会有这么多的水滴心甘情愿汇入大海，会有这么多人在夜晚的海上收集星光。

在没有月的海边，我收获了启示。海是每一滴水的梦想，如果水被允许有梦想。

爱入膏肓

总算爱上一个应该爱的人
却要在他的背影后面
坚强得像一朵飘落的雪花

自在独行

那年，贺岁档电影太多，母亲看完《流浪地球》就再也提不起兴趣，男孩却一直惦记着韩寒的《飞驰人生》。

每一个男人都爱车，应该如此。要看便自己去罢，母亲躺在床上，动动手指买好早场影票。读四年级的男孩拿来纸笔，郑重其事地抄下取票码，头也不回地出门了。

门合上的一刹那，母亲就后悔了，孩子是个没头脑的路痴。毕淑敏让儿子独自去看医生，好歹还有图可以索骥。这大清早的，离家一站远的广场还没开门，影院要从边门电梯才能上去。他能找到吗？

掏出手机查看定位，男孩的电话手表没有开启。母亲的心更慌了，推窗想喊住孩子，可哪还有他的影。寒意刺骨，焦急穿心。

上一个冬天，阳光正暖，母子俩从运动馆步行回家。母亲突然记起玉米排骨还悠悠地炖着，就推上路边一辆单车，飞驰回家关火去了。五分钟的路程，儿子独行一个多小时才气喘吁吁到家。

前一个夏天，热浪滚滚。男孩独自穿过两三个街面到超市买酸奶。回来的路上，被窜出的电瓶车刮倒，手臂和小腿拉出几道长长的血痕。

上小学一年级时，男孩独自坐公交车去做理疗。结果一恍惚错过了站。

不知这一次……

每次等到孩子重回身边，看他风尘仆仆的骄傲，听他大大咧咧的谈笑，母亲的心神却总难归附平静。长期以来，孩子都比同龄人要稚嫩很多，观察力不强，表达又含糊，在独自面对这一切的时候，他的内心会经历怎样的折磨？

但母亲也是这样长大的。挂着一把钥匙，端着一碗白饭，等在巷口；独自面对长夜，把孤独的泪水掖进湿冷的被角；攥着酒瓶，去打一竹筒一角两分的米醋，在黑黑的煤堆上摔倒，爬起，扒拉掉膝盖上嵌进的煤渣。

一代无情人养无情人。其中的原委，母亲知道的，如今，孩子也已经知晓。

从煎熬，到为常，只有放下。孩子不该被父母抬着，端着，供着，终有一天，他会离巢，去直面风雨、独步人生；也只有这样，孩子才能深深扎根，长得枝繁叶茂。

冷空气突降，窗外的樟树在风雨里瑟瑟。这一次，母亲足足等了三个小时。想着要放下，却依然觉得过了漫长的三个世纪。

门铃终于响了。打开门，是他风尘仆仆的骄傲。

男孩说：

电影放到最振奋人心的时候，银幕上出现了白色条纹。

起初，我以为这是影院特意安排的，没想到，这白色条条不停地摧毁着银幕，最后，整个银幕变成了一张白纸！

"不好意思，投影机坏了，工作人员正在维修，请大家耐心等待五分钟。"一位阿姨急匆匆地进来宣布了这个坏消息。紧接着，两位叔叔端着大大的盘子走了进来。他们把一样样食品递到观影人的手上，竟然是爆米花和果汁！真是喜从天降！

坐在座位上，我跷起二郎腿，喝起了果汁，这难道是对我独自一人来看电影的奖赏？就像电影中的主角张弛说的，我不是非得独立不可，而是不想成为依靠别人的寄生虫。

看来他很享受孤独。一个孩子从小就认识到孤独不是可耻的事，长大后会有更多的安宁和从容吧。能享受群居的热闹，也能享受没有拘束的自在独行，有舍有得，有敬无畏。

一只手套

从锦里出来，发现我心爱的小兔手套不见了一只。是丢在了路上，还是落在了店里，实在记不起了。

极不情愿告诉儿子。果不其然，他一扭头，跑回茫茫人海，去寻找丢失的手套。

别去找，一只手套而已。

不行！

喊他回来。

他又回去。小小的身影消失在异乡的人群里。

重情义的儿子碰上心大的母亲，一直都是针尖麦芒。

不想让他如曾经的我，拖不动陷在泥沼里的腿，只活在过去。男孩要潇洒地去追求他的幸福。但苦口婆心讲人生舍得的选择，讲生命轻重的价值，甚至给他看红色的毛爷爷，都不能让他释怀。

对我长期以来的冷漠和决绝，他红了眼眶，表示无声的抗议。

他的执念，总会让我觉得自己做错了什么。

车窗外倒退的行道树，疾驰往来的车辆，目光来不及追随。

我的人生在不断地失去，失去容颜、爱情、健康。时间将我曾经努力拼成的圆满，一点一点风化，一点一点蚕食，一点一点剐去。手套，对于悲凉的苍茫，算得了什么？只有坚忍，会让虚无看上去圆满。

他的人生和我的不同，他的人生在不断得到，得到玩具、书本、成功和幸福。失去手套，让他失去温暖，小小的人生就不圆满了。而人只有对圆满充满渴求，才会有前行的动力，我又何必阻挠？

书柜上有一本书《像狐狸一样爱孩子》，是前两年一位家长推荐阅读的。狐狸妈妈强行把孩子逼出巢穴，并因狐狸宝宝的退却而毫不留情地对峙、撕咬，直到小狐狸依依不舍离开才告终结。不知道狐狸妈妈凝望着小狐狸远去的身影，会不会默默流泪。

男孩说：

小巷里，一对母子在争吵。母亲把一只手套弄丢了。

"我回去找丢失的手套。"儿子坚定地说。

"不用了。"母亲答。

"现在就剩一只手套了，它会很伤心的。"儿子着急了。

"区区一副手套而已！"母亲冷漠地晃晃剩下的那只手套，"还有一只，够用了。"

儿子一扭头，沿途跑回找手套。

"回来！"母亲呵斥。

"福特在餐馆里找零，都不舍得一美分！你怎么可以这么浪费!"儿子心不甘情不愿地回转身来,看着不讲理的母亲,心里泛起一圈圈波纹,声音哽咽了,"你怎么不珍惜身边的事物? 这是一副手套! 你怎么能说不要就不要!"

"男子汉不要为了这一点点钱物,斤斤计较,失去气度!"母亲义正词严地说,"这些都是身外物,轻装前行,多好!"

……

儿子并没有顺从母亲,争吵越来越激烈了。

上了公交车,母亲翻看书包,发现另一只手套静静地躺在里面。

母子俩都哽咽了。

我们并不是为了一只手套在争吵。

一切真爱都是为了把生命经由我们的手,送到他们自己的手里,而不是被我们自私地取暖、占有和控制;不仅仅是物质上的,更是精神上的。这个世界上所有的爱都是以聚合为目的,但有一种爱,是以分离为目的,从呱呱坠地的那刻开始血肉分离,逐渐过渡到思想上的彼此独立,那就是父母的爱。

十字路口

学习回来。

车里，空气沉闷，孩子一言不发，眼神漠然。我掏出各种话题逗他开口，话头尴尬碎了一地。他借去我的手机倒腾片刻，说写了一首词请我过目，趁红灯间隙匆匆一阅，哭笑不得：

无心恋战

儿孙佳节人纷纷，吾却持卷哭断魂。玩乐之时何处有？六一还谓童节否？非也。作业已夺江山久！

一个四年级的孩子写出这样的词，读起来还很押韵，让人挺意外的。但显然，这孩子不知福，对作业的愤恨过于苦大仇深了。他从小就爱玩，我们并未过多干涉。比如喜欢画画，执迷要画出一辆逼真的立体赛车，所以每本书但凡有空白的地方，都画满了大大小小的涂鸦，连语文书也没有放过；喜欢机械与实验，家人就在阁楼上辟出一个工具间，供他把拆解下来和捡拾回来的零件组装成新玩意，胶枪、电烙铁、电钻任他使；不仅如此，每天一完成作业，还要约三五好友，在小区里赛跑……生活万般，又好吃好住侍候，缘何不乐，区区作业，何困之有！

正想好好训导这个贪心的孩子，就见一黑衣男孩骑着一辆电瓶车晃晃悠悠地驶在前方机动车道上。我轻踩刹车，缓下车速跟在他后头。长春路是我最喜欢的马路之一，它依着宁波的护城河而建，两旁的香樟走过百年风雨，蓊蓊郁郁，每条小岔道都通向一处古迹，比如月湖和天一阁。在现代化的城市里，这条马路保留了一种古典美，我不愿意用聒噪的喇叭声去破坏它初夏的静谧。我也以为听到嗤嗤的汽车引擎，电瓶车会主动避让。然而，他非但没有靠边驶入非机动车道，反而骑到了路中央的黄线上，还从侧兜掏出手机，边骑车边刷起手机来。哎，这是单手御马，一夫当关万夫莫开呢，还是骑驴看唱本——走着瞧？

我真的不敢按喇叭了，这次怕惊吓眼前这位痴人。身边的男孩也看呆了。

前方亮起红灯，各种车辆依次停在线后，骑着电瓶车的男孩竟然毫无惧色，像一只田头轻燕，斜斜掠出斑马线，直直向十字路口中心滑去。行人攘攘熙熙，车辆往来穿梭，我们都为他捏了把汗。

侧方车辆开始左行，他依然胶着在虚拟世界，是在与爱人隔屏传情，还是在对领导唯唯诺诺，又或是刷着有趣的小视频打发清淡寡味的骑车时间？

突然一声惊呼！

车仰人翻，四脚叉天！

我们环顾四下，寻找那个与他发生亲密接触的倒霉鬼，但是周围车辆都离他远远的，避之不及。黑衣男孩狼狈地爬起身，瘫坐在十字路口正中央，车流依旧汩汩地流淌，他没有用这个视角去观察周围，弄清原委，只是憨憨地抚摸着刚捡起的手机，好像捧着什么宝贝。

风送去路人的笑语。

车里的男孩再次搜寻肇事者，终于确认事实，眼前这位骑车人乃是自行、自倒、自坐于十字路中央，与任何人无涉，他笑得乐不可支。

到家后，男孩冲进房间，埋头苦做作业，问他为什么不去玩会儿，他竟然一本正经地说：

"玩物丧志啊！"

不知道谁施了这么大的法力。

我写了一张纸条递给他，想巩固战果：

学习有如驾车，须专心致志，心无旁骛；贪玩逞一时之快，失长远之乐；心绪亦然，愁闷让大脑消极怠工，腐蠹心智，也当悬崖勒马，及时刹车，以避后患。

被他揉成了球，丢到了一旁，大概是写得不如他的有趣吧。

叛逆期前夜

夜又凉又黑，母子俩杵在门外。

跳绳时扑棱扑棱的，钥匙明明就在男孩的左裤袋里，可他偏说忘带，还一脸颓丧，无可奈何地坐在台阶上。

平日里，他也常拿钥匙开玩笑。毕竟，谁负责带钥匙，谁就掌握了大权。

只是这次，好像有点过了。母亲等了五分钟，男孩还是不肯掏出钥匙开门。

男人的权利不是让女人服从与崇拜吗？迫使一个充满智慧的母亲臣服，对刚在减肥运动中被虐的小心灵来说，会有一点补偿的满足吧。

姑且让他得逞，母亲又气又好笑。

男孩还在演。演的是一出哑剧，装模作样地摸摸母亲的口袋，掏掏自己的裤袋，抓抓头皮，急匆匆地来回走上两趟，眼神交会的刹那，还瞪瞪眼珠子，理直气壮。哎，没带钥匙的戏码，一直演得这么教条，没有想象力。

等了许久，他还是不肯掏出钥匙开门。

没有压迫就没有反抗。在楼下跳绳时，他一直喊腿疼，母亲没理睬。越肥越懒，越懒越肥，每天的运动时间都像是场拉锯扯锯。真真假假，假假真真，连月亮也厌倦了这种俗套避到云朵后面去了。母亲没好气地拍拍他快把衣服撑爆的肚子，毅然决然地说：跳！

迫于威慑，他无奈地跳。估计每跳一次，伤痛就伴着肥肉颤抖三下，小小的心里就积了一层怨恨吧。于是龇牙咧嘴地跳完，决计不让母亲舒坦，宁愿自己也晾在门口，也要好好治治母亲，以泄愤恨。

一抹狡黠从他的眉眼里划出，母亲忽然嗅到了一丝叛逆期前夜特有的鬼魅的气息，而更让母亲哭笑不得的是，在这点叛逆到来之前，他的傻气还没有褪去。

无奈地等。

轻快的脚步声从狭长的楼道里传来，是有客造访，还是邻居回家？母亲以为薄脸皮的男孩会借着机会，不好意思地掏出钥匙开门。可是错了，楼上的大哥运动回来了，冲干瞪眼的母子俩笑笑。男孩耸了耸肩，摊了摊手，看上去是忘带了钥匙被关在门外，一脸无可奈何。

看来，他要搞的是事，不是恶作剧了。母亲是要当机立断地拆穿，强行掏出他口袋里的钥匙，还是委曲求全地呵护，让他发泄被压制的情绪？要不就等等，看他还有什么招数来试探母亲心底的火线，点燃母亲的愤怒；或者就遂他的愿，让母亲在自己的怒火里看到自己的失态，他能以一个委屈的受害者身份，光明正大地争取自由。

　　耗着。

　　可母亲把来龙去脉摸得清楚，实在演不出愤怒，干脆挥挥手，笑着暂别这尴尬的场面——妈先去跑两圈，边跑边想办法。

　　孤单的儿子，跟了几步，又转身回去了。

　　远远凝望，楼道灯一直亮着，房间的灯一直暗着。

　　再胖的身影，在那一个夜晚的楼道里，也会显得渺小而无助吧，他的手紧紧捏着裤兜里的钥匙吧，他在犹豫什么，在挣扎什么？面对母亲的无视，他气愤吗？怨恨吗？

　　母亲心里忽然有一点点疼。

　　等待。

　　暗了足足一个小时的房间的灯，终于亮了。

　　那一点橙黄，从半透明的窗帘布里面透出来，让秋天的夜晚变得温馨而可爱。仿佛一切又豁然开朗。推开门，又是儿子热情的脸庞。

　　太好了，钥匙找到啦？

　　是啊，妈，茶帮你泡好了，记得喝。

　　华枝春满，天心月圆。

　　刚才是避免了一场硝烟弥漫的战争吗？

　　母亲想起 1962 年加勒比海上一场很可能毁灭全人类的核战风云。当时美古关系恶化。苏联以给古巴人民装运日用品和食物为由，将几十枚导弹和几十架飞机分开放到集装箱里运往古巴，其中最具威慑性的是，每一枚导弹都携带一个威力比广岛原子弹还大二三十倍的核弹头。美国通过卫星图像对比分析，发现一场热核战争可能一触即发，但迫于国内政治压力，肯尼迪不能率先让步，如芒在背。苏联的本意也只在威吓，但唇枪舌剑让局势剑拔弩张，几次军演也差点擦枪走火，双方进入高度戒备状态，已到箭在弦上不得不发的境地。

千钧一发之际，苏联向美国发去了两份电报，让美国丈二和尚摸不着头脑：一封电报雷霆万丈，恐吓与威逼让美国倒吸一口凉气；一封电报激情四射，充满对核战争的畏惧与反战情绪。这是苏方的试探，机智的肯尼迪想出了摆脱危机的方法，只对赫鲁晓夫的第二封信做出了友善的回应。收到美军的示好后，赫也意识到拖入这场战争对苏联来说有百害无一利。对峙几天后，苏联发布声明，接受美国善意的和解，撤出了部署在古巴的导弹。

加勒比海波浪滔天，人类从来没有如此近地站在一场核战争的边缘，只要有一方不理智，人类的历史就将改写。

战争中从来没有一种所向披靡、横扫千军的大智慧，最大的智慧都是出于对和平的渴望。母亲用了一点耐心和机智，消磨掉了儿子的叛逆和怨恨，避免一场一触即发的热战，以及一场耗时间、耗心力的冷战。

但教育永远分不出绝对的胜负与对错。这场较量，母亲深知自己并非赢家，因为她意识到在一个威权压迫下，生性纯朴的人也可能成为一个叛逆者，她就是那个挑起战争的人。

柔软的心，更希望能被温柔以待，谁都如此。第二天早上，母子俩出门：

"钥匙记得带啊！"母亲叮嘱。

"昨天，我明明记得没带钥匙啊！"儿子心照不宣。

其实，在加勒比海上几度面临擦枪走火。一次，美军的航母战斗群为逼迫部署在古巴的苏联潜艇浮出海面，向其投掷了五颗训练用的深水炸弹。在炸弹的震荡中，艇长以为第三次世界大战已经打响，于是下令发射核鱼雷。万幸的是，船上的大副执意要与总部联系后，再发射核鱼雷，于是避免了一场一触即发的核战。

看来连孩子也知道，最勉强的和平也比最正义的战争受人欢迎。

来，干了这杯雨水

山里的雨总是毫无征兆地来，像是正喝着酒，没来由地就掉起泪来。

雨点扑嗒扑嗒落到热乎乎的沙土里，卷起几圈干燥蓬松的泥味。一抬头，杉树林顶上几片灰墨染过的云絮，拉着一大团黑压压的乌云，正从南山头缓缓移来。赶紧下山，唤男孩回车取把雨伞，但他红着脸，蹙着眉，一本正经地对我说，车钥匙不在他那里。

还以为小家伙又是拿钥匙和我说事儿，没想到这次还当真是丢了。关于我家的钥匙问题，的确可以演一部戏剧了，无论是以悲剧还是喜剧谢幕，一概让人哭笑不得。为娘的心大，总把小孩当大人看。

现如今，翻到外头的两个裤袋有气无力地耷拉着，一如他失魂落魄的两片脸。夜色黑纱网似的罩下来，弯弯曲曲的路早已隐没在莽莽青山之中，游人寥寥。备用钥匙被我放在家中一个安全的地方，深山里一时半会儿又叫不到车。似乎所有的风都卷席着

"没救"两字逆向而来，把我们吹得人仰马翻。

　　只得沿着来时的路找。银灰色的，火柴盒这般大，按着脑海里清晰的颜色和形状，埋头在小道上仔仔细细地比对。但地上除了泥块，只有刚刚落下的一个个黑乎乎的雨点，而且越来越密，转眼连成了一片片水汤，哪里还有那个银灰色的车钥匙。

　　雨声四起，淹没了蝉虫飞鸟的惊慌，像是整个乐队以自由速度转入了第二乐章，在天地间庄严肃穆地演奏起来。勉强直起身，连脚下的路也快消失在茫茫雨线中了。男孩慌张的身影，被轰鸣的雨刷得小小的，跑跑停停，停停走走，四下里寻觅。看来，车钥匙就是昏暗的天、浑浊的地，与天地间的这场雨，在这一刻占据他小小人生的所有了。童年那只淘气的球儿，也想必已被雨刺破，湿答答地瘪了。

　　苦寻无果，只好掏出电话求助，但唯一的希望也被无情掐灭，下一个时间碎片可能出现的雨夜山行、沿路乞求、绝望放弃，甚至是对黑暗莫名其妙的恐惧，都齐刷刷地涌向脑中最潮湿的那片区域。雨里，手机陪着头发、衣服、裤子、鞋子，一起痛哭流涕。

　　绝望走到尽头会是什么？我问记忆中的自己，是一堵黑色的难以翻越的高墙，还是一片令人窒息的茫茫雪野，抑或是一个错乱生死的旋涡？

　　我想起了，每次经历的绝望，都不过是自以为是，其实悬崖边总有一朵希望的小花在为我开着，有时是别人指点，更多的时候，是自己苦苦等待、煎熬、努力后得见的。那个小小的背影，也应该去经历去体悟。

孩子说：

我的时间锁在了那场雨里。

阴天，云的肚子胀鼓鼓的，空气却是沁人心脾的清凉。刚游玩结束，天色就变暗了，回车里取把雨伞备用。

钥匙归我管，双手往兜里一插，却发现空空如也。脑子嗡了一下。如果没有车钥匙，恐怕我们只能在缥缈的山林里过夜了。第一滴雨裹着鼻尖上的汗，慢慢地从我脸颊上滑落，脑袋一片空白。

"快找。"母亲说。我仿佛身处迷宫，雨雾在我四周缠绵，我迈开僵硬的步子，却不知道从哪个地方落脚。世界猛地一抖，雨点开始轰鸣着砸向地面。幸好天边还有一抹白，成了我在夜中的明灯——找那些曾走过、坐过的地方！

她把防晒服披在我身上，我向餐厅花园的长椅跑去，任凭雨点抽打我的身躯。曾经坐过的椅子孤零零地站在雨中，早已湿透，水顺着它凹凸不平的边缘滑落——没有那把灰色的车钥匙。我呆呆地站在原地，顶着的防晒服开始漏水，湿透的尼龙粘在皮肤上，感觉自己被人掐住了。

顺着原路找，在那些我曾经欢笑的路上。可路上空无一人，也空无一物。我想哭。我向匆忙做收尾工作的保安询问那把钥匙的踪影，回答我的却是一张张茫然的脸。钥匙，你在哪儿，路上的水坑已经连成了一条条小河，会把你淹没的。

沉下心，仔细想想该怎么办。

狼狈的我跑回花园餐厅避雨。水簌簌地从玻璃墙上流下，客人们好奇的目光汇集到我身上，我却麻木了。天已经暗透，餐馆里所有的桌椅都坐得满满当当，服务员在桌子间来回穿梭。我的希望之火，在被大雨浇灭后，又重新燃了起来。走向前台，忙碌的服务员扫了我一眼，什么话也没有说。我问她有没有雨伞，能否先借一把，她还是没有理睬我。失望之余，我又随口一问，是否看见过一把车钥匙。她的脸，瞬间兴奋起来——是这把吗？那个灰色的再熟悉不过的影儿，就在我眼前又出现了。

千恩万谢地从餐馆出来，雨神奇地停了，半个月亮爬上了高高的杉树梢。

我知道要寻找的是什么，我不会再轻易地让它遗失。

来，掬手盛一把天赐的甘露，咱娘俩干了这杯雨水。

来，滴一点听话药水

男孩儿往母亲的耳朵里点上一滴听话药水，母亲就得乖乖听男孩儿的话。

地铁驶过姜山站后穿出地面，跃上高架。城市繁华的星光刷刷后退，远方的地平线拉长拉平，夜晚变得静谧而缓和起来。

今夜，他想去三号线终点站看地铁换轨。虽然之前他已经自己去看过几次了，但这次的理由依然充分：夜里从没看过，顺便带我去看看远方的小镇。

对于他的成长，我抱有太多的感恩。在别的孩子已经会扑入妈妈怀抱撒娇、讨要爱抚、问东问西的时候，他却始终只对转动的事物感兴趣。他的目光只停留在电风扇上，钟面上，车轮上。他的手里只捏着小汽车，无人打扰的时候，这辆小汽车就在床沿上行驶，在地板上行驶，在墙上行驶，驶过我的手心、身体和脸庞，然后继续行驶，在黑暗中开进梦里。

庆幸，随着年岁的增长，他变得正常起来。他已经学会把小怪兽藏进心底的某个角落。就像去看地铁的上下行换轨，是我们想象外的世界，但对早已高过我一截的他来说，还是有一种内心的召唤。他需要一次又一次怀着崇敬，目送地铁驶远又驶回。

好，听他的话。

地铁在大地的腹部滚动，声声呼啸，像一粒沙子，在时间里与窗外的世界擦身而过。怀抱婴儿的母亲站起来，握着扶手下车了；高大的男人推着行李箱，从过道那边走来，对着车窗理了理头发，也下车了。车身像空空的蛇腹，最后只剩下母子两人。

三号线下行终点——明辉路站到了。车门打开，孩子像一阵风似的跑去站台头部，等待神奇的那刻。而我举目四望，明辉路站的夜晚，只有站台亮着灯。

没有见到传说中的换轨，男孩儿带我走出高高的月台。月台对面挂着一个半圆的月亮，淡淡的月色下，一长畦一长畦的稻田连成片，舒展地躺在广袤的土地上。夏夜的风迎面拂来，像阵阵起伏的海浪，带来一股稻叶青翠而又甘饴的清香。此时此刻，若没有最后一班地铁已经准备驶离的语音提示，这个夜晚还是一幅归去来兮的田园诗画。

我们目视着最后一列回城的地铁在透明的长管子里渐远渐小，站台辉煌的灯火陆续熄灭。两个傻瓜才清醒地意识到驶离这个终点站的末班车时间不是十点，而是八点。

"妈妈，现实和我想象中的，有点不一样。"男孩儿尴尬地笑了笑，"没有换轨，也没有远方的小镇。"

月色变得黑漆漆的，地铁站消失了，铁栅栏倒伏着，几台起重机举着手臂。路也有，只三条，一条是从城里来的轻轨路，一条是高架下刚刚夯实的泥道，另一条是田埂。

稻田里，聒噪的蛙声开始起落，它们总是东一下西一下咣当咣当地敲钟，又停下在寂静的月色那端等待回声，合唱了两三个句子，然后出奇一致地陷入黑暗的静默。

掏出手机查看地图，打开打车软件——让人绝望，所在区域标示在建，方圆几里一片空白，甚至没有村落，家在十几公里以外。

清风半月，何处是归途。我下意识地责怪他。

儿子鼻尖冒出的汗珠，比天上的星星要密、要亮。唉，每个人生的走向，总是由一个个关键性事件连缀而成的吧，像是夜空中的星座，或画出勺斗，或画出水瓶。也或许，是看似难以摆脱的困境，加上与之搏斗的勇气和毅力，才让这些事件显得熠熠生辉。

他发挥他腿长的优势，在黑暗里左突右冲，像是能找到一条道来。看着他小小的背影，脑海里突然涌上一句歌词，不禁笑了出来："听妈妈的话，别让她受伤。"此刻母亲心里的怨恨已经被他的背影逗笑，恰好改唱成——"听儿子的话，别让妈受伤。"

很多年前，母亲也坐上过一列火车，懵懂无知地去漂泊。漂泊无须旅伴，更无须父母，在她青涩的年纪。那个黄昏，她坐在一群陌生人中间，右手插在上衣口袋里，攥着几张零钱和一张纸质存折，存折里有辛苦学习赚来的三百元奖学金，像一只羽毛丰满的雏鸟，内心的节奏比火车的摇晃还要强烈。吹来的风和射进来的夕阳，抚慰着她单纯而新奇的眼神。她应接不暇地望着窗外，秋天的稻田，高压电站，一个个小村落，云雀、余晖和她的故乡她的家，都在疾速地向后奔跑，轻易地消失了。

其实城市与城市之间并没有多大的差异，人们啃一样的葱油大饼，骑一样的自行车，住在相似的水泥或木头筑的房子里，都做着凡人的梦。差别只是熟悉和陌生。她坐在人民广场喂白鸽，在南京路看人海，在石库门想家。

零钱用完了，推开一扇扇银行大门，想取存折里的钱找一家夜里能够歇脚的客店。可是，每一家银行都拒绝了她，她被送出一扇扇大门外。一个十九岁孩子怎么会知道 20 世纪 90 年代金融系统的朴素，城市和城市之间，甚至银行与银行之间都没有联网，一个小地方信用合作社的存折，是万万不能在另一个城市支取的。

她就像是《散散的完满》里那条小鲷鱼，仗着自己是鲷鱼王的孩子出去流浪，受到了侮辱，也受到了款待，百转千回地抵达了小家。父母以为她会懂得平安是福，从此安耽，她却高兴地宣布，她深深地知道了，什么是世界，什么是愚蠢。

我看着眼前在黑暗里四处探路的孩子，所有的愤怒和埋怨都放下了。

有人说，服从是最大的善，不服从是最大的恶，不可饶恕的罪行就是反抗。从那次出走后，我知道了无论父母多爱孩子，如果经常对孩子提出"听话"的要求，在任何事上都想说服孩子少走弯路，按大人的想法来，孩子很快就会学到一种办法，那就是把"不听话"当成是他们积极而有效的勒索工具。要不，就长成一个只会盲目服从的人。

父母如果听从孩子的安排，却可以陪伴孩子一起直面生活的本来面目。因为生活本身的扑朔迷离，捉摸不定，汹涌澎湃，暗流涌动，可怖可憎，或是五彩缤纷，对孩子诉说的就是颠扑不破的真理。

与其在父母的话语里一帆风顺，不如在生活的烂泥中摸爬滚打，经验才为深刻。

经过一番波折，他在田埂下找到两位浪漫又热心的农家妇女，她们正在清风半月下的水稻田里散步。由她们指引，我们顺利地找对了方向，并且厚着脸皮坐上了地铁乘务员小吴刚买来三天的新车，颠簸地驶向了康庄大道。

谁年轻的时候没有几次愚蠢的经历呢？这任性的不知轻重的落笔，一定是未来在触手可及之处的一次预演。若干年后，他也会用浪漫的机智和情怀去接纳未来的不确定。

我还记得有个大风大雨的夜，他鼓动我去东钱湖。我们伫立在风雨肆虐的湖畔，落叶满天飞卷，湖水涌上堤岸。我们挥舞雨伞，顶风赛跑，做着驱逐恐惧，调侃黑暗的游戏。

还有那个春，听他的话去三溪浦水库。我们看到一只孤独的苍鹭，往返于水滨之间，周而复始，不知疲倦。它不是在学精卫做填海的傻事，而是寻到了许多适合营巢的干枝与枯草，把它们一次次运回到居室。那儿一定有它的爱人，一个眼睛水灵、羽翼柔软的鹭儿，一边用这些材料精心编织它们的爱巢，一边等待它的再次归巢。

夏，我们点起篝火，仰望星空。七星璀璨，交织成迷离的大网，我们披上星衣走在异乡的小道。

晨，一只孤零零的鹭鸟在窄窄的河面上划过，慢慢地，头向下探着，我们看到，它一直在看堤岸边那排柳树写在水里的字，边飞边看。

昏，我们在游客散尽时登上太白山麓。马尾松簇拥，佛塔安详，枫香树里滑出两只夜鹭，贴着池面滑翔。我们看到穿着灰色长褂的僧人，三三两两地走出寺门，喂养池鱼，归拢落叶。而两只毛发油亮的松鼠坐在枝干上，像是两位高僧正在对谈。

我总是这样想，随他的意志去漂泊，让他见识到他没有见过的东西，让他的人生半径像水一样蔓延得更宽更远。

男孩儿说：

夜晚，地铁从寂静钻出，窗外昏暗的景色飞快地向后涌去，偌大的车厢里只剩下了我们母子两个。

列车缓缓减速，窗外黑得像被棉布裹上了眼睛，一盏灯也没有。这是我们要去欣赏的农田和小镇吗？

车停了。车站里只有几个工作人员呆滞地望着黑暗，高高的天花板上吊着几盏惨白的灯。终点站。

列车缓缓驶离，尾灯消失在了茫茫夜色中。我们缓步走下车站楼梯。

出门的一刹那我怔住了。

昔日的农田此刻神奇地消失，大片大片的土地裸露着，围了圈栅栏，很多机器在那儿僵着，像一个个狰狞的怪物。除了半个月亮，就是一片黑暗。

继续走，我壮了壮胆，脚下的石子吱吱地叫。广播响了起来："地铁站即将关闭，请还未回程的乘客赶紧上车。"回头看来时的路，伴随着熟悉的地铁轰鸣，我的头一阵晕眩。

疾步跑回站台，工作人员迎了上来，同情的话语从他嘴里吐出，最后一班车已经开走了。我仿佛看到列车远去时的影子，也仿佛看到我躺在地上奄奄一息的样子。

我必须找到一条路回家。

月亮已经爬上了车站的屋顶。我像无头苍蝇般站在土路上来回踱步。地铁站的荒地被农田包围着，找到一条水泥路都很困难。回头看站台，几个困倦的人影锁上了地铁出入口的大门。眼前只有一条土路，凹凸不平地连着田埂和车站。

晚风扑面，像是大手抚摸着我挂汗的脸颊。询问从田埂上走来的农妇，附近是否有一条正经的大路。"哦，有是有，但有点远，我们在散步，就陪你们去吧。"

这一刻，我就听天由命了。农妇的长裙随着随意的脚步而摇摆，穿过一片荒草丛，穿过一个小工地。蟋蟀的叫声此起彼伏，路边的芦苇丛一动不动，我觉得有许多双眼睛不怀好意地盯着我。

转入一条铺着铁板的路，它在月光下发白。很窄，栏杆歪斜着，不远处几堵泥板墙靠在路的两侧，格外压抑。黑夜的稻田如同一个魔掌，似乎怎么走都走不出去。

远处是一个亮点，有车。妈妈在车灯前兴奋地挥手，影子在凹凸不平的路上扭曲。上了车，在妈妈尴尬的目光与寒暄里，在与农妇的告别声中，在月光漠然的眼睛下，我们终于脱身。

难道以后还会不顾一切地行事？但我已不会迷失我的理智，也不会迷失我的信念与理想。

橡木桶的故事

一场突至的疫情，把我们捆绑在了一个小小的家中，本以为可以充分享受母子之间相亲相爱的契合，可事与愿违，飘在房里的话语与温情，越来越少。

"吃饭。""等会儿。"

"睡觉。""等会儿。"

"快点。""好的。"

"儿子，你去哪儿?""我去阳台看会书。"

"我和你一起吧。""你自己跑步去。"

仿佛还在眼前。刚学会使筷子时，他从汤里捞上一片菜叶，颤悠悠挂到你嘴边，奶声奶气地说："妈妈，吃。"读幼儿园了，告别才一转身，荡气回肠的哭声就扯住脚步，任由他把鼻涕眼泪都抹上你的新衬衣；后来，他学会写几个字了，常常在各色的纸上写啊写：妈妈，我爱你，然后一脸甜腻腻地放到你的掌心，塞进你的包里，"妈"字是"女"和"马"拼起来的，"爱"字还用歪歪斜斜的心形代表。长期以来，他的目光就紧紧追随着你，他的眼里就只有你，他全部的喜怒哀乐都来源于你。

如今都是云烟。这些甜蜜的回忆，做母亲的怎么舍得放下，而他怎么就轻而易举地丢掉，冷漠地不予理睬，还狠心地在母亲柔软的爱上，跨过踩过？

是他出了问题，还是母亲爱错了？

在一本书里翻到一篇介绍法国酒庄的文章，这不起眼的橡木桶，竟让我有一种熟悉的感觉，一种为人母的亲切。

懂酒的人都知道，上好的葡萄酒总是与橡木桶联系在一起，是橡木桶让葡萄酒充满了无限可能。与普通的不锈钢发酵罐不同，橡木桶的木质细胞有如一个个不透水的气孔，给酒提供一个适度的氧化环境。而且，橡木的单宁会与葡萄酒的单宁融合，使酒体更趋柔和与成熟；橡木本身还汲取了自然万物的气息，在时间的催化中，赋予葡萄酒以香草、焦糖、肉豆蔻等与众不同的风味，从而使美酒的果香更迷离，更立体，更有层次。

但可能有所不知，人们一般只用养足三年以上的旧橡木来陈化美酒，而刚焙烤好的橡木桶，是不能用来存放那些风调雨顺之年酿造的好酒的。新橡木桶香草醛气息太浓，会伤害美酒，只能贮存品质一般的葡萄酒，用来佐味。

就像一个陈年的橡木桶，是美酒走向成熟的茅庐，决定了酒未来的养成方向；母亲与孩子也是这样。从字面来看，"母"的字形为哺育婴孩而侧卧的躯体上身，但是"母"字却是万物之初，万物之源。孩子身上所散发的气息，是清新的，还是浑浊的，是温暖的，还是粗庾的，是坚定的，还是犹疑的，很大程度上是源自母亲的。

那次在餐厅吃饭，身边一位母亲正催促女儿去洗手。偷偷瞥一眼，女儿美丽得像天使，小脸水嫩，如刚剥出壳的荔枝，可眼里竟透出一种难以描述的凌厉。听了母亲的叱令，她转身跑到过道上，一屁股坐在地上号啕大哭起来，哭声似乎是古旧的屋门被反复开合，吱吱刺耳；穿着睡衣的母亲趿着拖鞋，啪嗒啪嗒地追过去，用尖锐的嗓门警告孩子，也顺便警告了餐厅里所有的就餐者：不洗手就不能吃饭。心底不禁一阵悲凉，这位母亲将给予孩子什么气息去远行？

橡木桶无言，它陪伴着葡萄酒，深情地含着乙醇日复一日的侵蚀，默默地让酒透气，给酒单宁，帮酒送去世界万物的声音。母亲也该是如此吧。

长期以来，我们过着一种统一的标准化的生活，学习一样的教材，接收一样的信息，连生活的城市和梦想，也都越来越相同。母亲给予孩子的知识与学问、修养与气度、思想与观念，才会使孩子成为一个独特的生命体。

有时候还是一种诱惑，散布着危险的气息。趁假期，我带着男孩兴冲冲地配齐了市面上所有好玩的游戏机，我们甚至叫不上它们的名儿，只能按大小来随意称呼，最小的叫迷你，有的叫手掌，还有称大型，网游与电视机里的游戏也下载了许多。我们的小屋子成了一个许多孩子都梦寐以求的游戏室。

而当我们肩并着肩，声嘶力竭地、势如破竹地通了一个又一个关卡之后，他却发现被冷落的乐高机器人更能自由地发挥创想，游戏编程软件更能自由地控制别人的欲念，书籍黑白的世界更有无边无际难以想象的生活，他冷落了操纵杆。我们每个人都活在欲望的海里，学会这一点自由泳的心态，他的彼岸不至于那么遥远。

那个静寂的夜里，春雷滚落，春雨疾降。要拉宅家已久的儿子下楼散步，的确是一件疯狂的事。他眷恋着书桌和工作室，身与心都被粘住、关住，难分难舍。没有吸引力、难以理解、不胜你烦，拒绝像箭斩钉截铁地飞来，差点射碎母亲的尊严。捡拾起残存的信念，拉他一起冲进大雨。

雨铺天盖地，雷的电浪与土壤新鲜的气味都在自由地翻滚，草木舒展的枝叶洗得透亮，游戏般地落下又擎起。依然不徐不疾地漫步，专心聆听每个细胞畅快地尖叫。那个不再小的身影，感受到了源于自然的心灵荡涤了么，将来面对落魄的境遇时，会不会突然回想到今天这个雨夜？

如果我们坚信，我们的儿女将会或者是必会过上一种与我们不同的生活，那么，是否在获得共性的同时，尽可能地，让自己这个橡木桶多经受时间的洗礼，沉淀独特的知识体系，独特的文化修养，独特的个性品质，散发出独特的气息？

在信息茧房日益捆缚的当下和将来，这将会是孩子破茧化蝶最大的原力。

男孩儿说：

晚上，初夏的雨来了。我做好作业，无所事事地趴在窗边，玉兰树的树叶无力地耷拉下来，月季花瓣上的雨水似乎是一个巴掌，把花枝打得弯弯的。

"多么美好的情景，我们下楼散步吧！"妈妈兴奋地提议。

"你疯啦？雨这么大，打雨伞散步多难受！"我不耐烦地回答。

妈妈喋喋不休地劝我。好吧，就让清冷的雨水来浇灭我心中的烦躁。拿上雨伞，妈妈拽着我下楼了。

小区的步道上空无一人，只有雨点无声地打在地上，汇成一条小河。那河印着朦胧的路灯，万家灯火与被云遮得严严实实的天空，显得格外清澈，这景象着实让人着迷。

风更大了，雨更狂了，我们仿佛穿越到了另一个世界。天上的云竟然有点发蓝，要压到我们的雨伞了，楼里的灯里寥寥无几，像几颗彗星。那高大的轮廓在密集的雨点中时隐时现，灯光似乎成了一片片乳白的雾，飘荡在天地之间。豆大的雨点砸到地上，我们四周开满了清莹的昙花，天地变成了亮亮的一片！多么壮阔的景象！

一道闪电划过夜空，一声怒吼直插耳中。那天空中的白色线条刚强直挺，仿佛是一条跃动的长龙。天空被照亮了，一切都变成了清晰的剪影，一切都在那一秒定格了！树那毛糙的影似乎都被修剪了一般，成了一个个傲立于天地间的巨人；雨点被电光照亮，开成一朵朵白色的玉兰。

我们在雨中奔跑着，伞根本挡不住那暴烈的雨点。它们密集地打到我身上，像千万只小鸟啄着我的身躯，我们就这样踏着水花，一路追逐嬉戏，浑身都湿透了。

我感动了，不仅仅因赏雨嬉戏的畅快，而且也因为我身边那个小小的，柔弱但执拗的背影。

没有经过一个好的橡木桶陈酿的酒，就没有灵魂。

每个人的悲伤都不相通

男孩儿把贝多芬《降 E 大调第三交响曲》写进作文，把威尔第《弄臣》中的《公爵之歌》设为车内循环播放；他说阅读《爱丽丝漫游仙境》要配柴可夫斯基的《胡桃夹子》，写作业时得听《威廉退尔序曲》或者是皇后乐队的 *We are the champions*；广场音乐会，环境熙攘，人群反复起身落座，他却听 *Cancan* 入了神，他或许是当时最小的听众。我们还听彪德西的《月光》和贝多芬的《月光奏鸣曲》，用耳朵去触摸月色；然而睡前他要再听肖邦弹诗，看着月光洒落窗帘，想象它停在叶尖，滑到肖邦故土的一条溪涧、一片青苔和一只草虫上的模样。

有段时间，我重翻《挪威的森林》，恰好又在网上搜到书的歌单，每首曲子全按情节里出现的顺序排列。我边读边听，享受故事和音乐交融的美好。男孩儿听得比我还入迷，马勒的交响曲，勃拉姆斯的三重奏，巴赫的赋格曲，每首曲子在什么情节里呈现，都要问得一清二楚。

我一直以为，从小带孩子听古典，是有颇多益处的。音乐会打通人与人之间的屏障，让他读懂他以外的世界的情感、思想与个性，会让他有敏锐的直观力和对美的品鉴力，形成独特的个人气质。我甚至想象，在他的而立之年或是不惑之年，白发慢慢爬上鬓梢，音乐还是他生活里不可缺的一部分，那时他性情温和，气质儒雅，朴拙而明亮。

可不知何时，一切变得陌生起来，似乎无端刮来一股天风，琴谱散落一地。他先是迷上了摇滚，进而从民谣推到硬摇。布鲁斯越来越少，电吉他失真越开越高，节奏越来越快，呼吸也越来越急促，每个音符开始在地上撒泼打滚，门缝里冲出鬼哭狼嚎。

后来他又迷上了一种电子音乐，只躲在卫生间里偷偷地听。这些歌曲旋律极为单调，只把八个小节的音符翻来倒去地绕，当"地球以第二宇宙速度自转"时，我一度以为那些洗发瓶、肥皂盒、吹风机，被卷入下水道产生的气流里，整个卫生间都在旋转。

他在听歌，我在写作。一个屋子常常一半是火焰，一半是海水。

有个日子，孩子又神神秘秘地向我推荐一首歌曲，说是无伴奏和声，灵魂呼麦，疗愈心灵，辅助入眠，还能帮助缓解便秘，最重要的是，这是他一学就会的英文歌，名字叫 *Lost Rivers*。

没听上三秒钟，就惊悚得让我找不着了暂停键。

妈妈，好东西需要分享。

我亲切地感谢了他，把声音拨小，按下播放键仔细听。

没有旋律，没有节奏，没有歌词，甚至与音乐没有一丝一毫的关联。从一个女人的嗓子眼里，直直地伸出一条带利齿的钢绳，在粗糙的礁石，或是锃亮的铁板上毫无规则地摩擦、蠕动、撕扯，逐渐延展、扩大、攀爬，升入天际还在狰狞、扭曲，似乎地域之门被恶魔掰开一道缝，萨满们蒙上眼睛用鬼语招魂，咒怨们伸出利爪。

我捂住耳朵，阻止两种噪声进入。另一种是男孩笑到抽筋的哽噎，青春期的嗓音有些像驴叫。

男孩的恶趣味这次没有得逞——我知道唱这首歌的，是一位图瓦族歌手——姗蔻奶奶。

姗蔻奶奶不是不会唱歌，相反，她是图瓦族最优秀的歌手之一。出生在二十世纪五十年代的姗蔻，从小沉迷音乐，跟长辈学了不少图瓦传统歌曲和技法；同时她天生拥有极致的嗓音，音域辽阔，能横跨七个八度，既可驾驭空灵，温柔到骨髓，也可低沉似深海，热情到滚烫。

为什么她要发出这样的怪声呢，男孩儿好奇极了。

一个被祖国流放的灵魂永远是悲伤的。

图瓦共和国，虽然处在欧亚大陆的中心，但仍是地球上最偏僻的地方之一。生养在图瓦的姗蔻向来叛逆，总爱追求自己喜欢的事。二十岁，她去往莫斯科系统学习被图瓦族视为"民族魂"的呼麦唱法。在当地，这种歌唱技术只有男性可以使用，女性在公开场合表演容易不孕，从而被禁止学习和表演。但好强的姗蔻不仅学习和表演呼麦，同时还将它与爵士、古典、环境音乐等融合，形成了自己独特的风格。所以她违反了民族禁忌，被图瓦人认为是玷污了传统文化，一度被视为公敌，遭家乡人民排斥。甚至还曾被极端暴徒围攻，打至昏迷。

但他们并没有意识到，所有人都睡着，一个人醒了，他站起来，他就会是神。她成了世界流行音乐中独树一帜的佼佼者。

但迫于无奈，她只能背井离乡，离开唐努乌拉山，离开萨彦岭，离开缠绵的大小叶尼塞河，留下在这片土地上因为贫穷与饥饿含恨而终的双亲，哪怕是她曾拼尽全力赚钱养家，也没能挽留在人世的双亲，茕茕一人游荡世上，去往异乡。

重返柏林，她一度颓废不醒。制作人问她要不要用音乐把内心的痛苦发泄出来，她想不到任何旋律来表达民族和人民的苦难，唯有——极端的、撕裂的低吼。

我再次点开 *Lost Rivers*，古怪的声音差点儿割伤我们的耳膜。

"男孩儿，你听到了什么？"

"难过、等待、委屈、压抑；

痛哭、挣扎、愤怒、恐惧；

被遗弃、苟延残喘、死去；

讥笑、毁灭、咒怨、地狱。

焚毁一切，污秽的火焰……"

城市生活是一颗软糖，人的意志是被泡酸了的牙，习惯了小悲小喜，怎么承受得了这样的大悲大惧？更何况，除了生离死别，普通人的悲伤，很多时候只是一次欲望的踏空罢了。

越来越少坚强地屹立与呐喊，越来越少充满张力的持久的愤怒。孩子们甚至很难体会一片落叶会敲碎心房，一声鸟鸣会溅起泪花的伤痛，泛滥的是有一束光依然自我孤独的忧郁，并把它们当成丝，捆扎筋骨，当成蚕，啃噬心肉，当成一条狗，忠实地追随他的脚跟。

人世间所有的悲伤都不相同，也不相通。并非冷漠，悲伤与悲伤之间隔着许多道厚厚的墙，它们是年龄和性别，未来和过往，地域与国家，民族与宗教……所以，图瓦奶奶的火焰被男孩当成了恶作剧与笑料。三十二万的音乐评论中，看到珊蔻身后有一个深情而无助，宽阔又迷人的世界的竟无几人。之所以鲜有人喜欢，是因为声音里的痛苦、怨恨与绝望，跨越了太多堵墙，被太清晰太直白地表达了出来。没人会喜欢这样的情感，没人会喜欢这样的声音。

我们同处在一个现实，却处在各自不同的精神世界。

忽然想起，这原是鲁迅书上说的话，人类的悲欢并不相通，我只觉得他们吵闹。但鲁迅还接着写了："无穷的远方，无数的人们都和我有关。"这是一种奢侈的勇气。

男孩儿说，悲伤的时候很孤独。

那就把自己的小悲，放到人类历史浩瀚的大悲之上，再去观望与理解自己的悲伤和别人的悲伤，这或许是让悲伤与悲伤惺惺相惜的最好的共情。

当然，我们还有文字，还有音乐。

送　别

车子穿出之江路隧道，城市突然变成了乡野。挖掘机成了旷野里的魔鬼，从四面八方的荒草地里钻出，摇臂如触角在夜的黑暗里四下探着。

"妈妈，城市和乡村的缝隙在哪里？"

"妈妈，我把城市里的房子看成了一株株面包树，悲凉。"

他所想的，已经飞出了我的世界。

我扭头看他，坐在副驾驶座的男孩儿。灯影闪烁。恍惚间，依然以为他还是个孩子，趁我专心开车的时候，偷偷从后座钻到副驾驶座上，转身拽下安全带，把毛球样的身体别在座椅上。

现在，他的身上已难看到童年的影子了，腿像竹竿一样支着，薄薄的肩膀拉开来了，侧脸的线条也硬朗了起来，唇边的绒毛又细又密。倒是眼神，越来越清澈了，里面划过一盏盏路灯，一颗颗星。

这次送他来杭州是参加文学之星的现场作文比赛。

突降的幸运往往隐含着幻灭。临行前，我安慰他，就当去打场酱油，享受当粒炮灰的存在感。

可他说，不，必得拼命去试。

他大义凛然的样子，让我哑然失笑。这个年代已不是冷兵器时代，上战场拿命去拼的，连匹夫之勇都不配。而就他目前小学毕业班的生活状态来说，题海沉浮，三点一线，应付考场作文尚且捉襟见肘，文学这关乎对晴雨晨昏的敏感，对日常人性的体察，早已被课业关在门外。短短几天拿什么去拼？

立好誓言后，他却若无其事地上课，作业，整理行装，风淡云轻地翻书，看笔记，又因为能啃到一只苹果，乐得在宾馆床上蹦跶。他不再是过去那个因为灵感突至，在台灯的光晕里兴奋得停不下笔的小男孩儿了，不再是因为梦想真实，在每个假期都写一万多字，为表达而痴迷的小男孩儿了。

原来童年的单纯，不过是森林的唯一入口，而林间，野径丛生。

让他静心准备些素材，他两手一摊，表示无事可写。不是说心底里最难以启齿的，一定是最美好的东西，就是文学的起点吗？他看看我，脸红了一下。

我知道，橘子花开，初夏的雨也香喷喷的，有个美丽的女孩，在大家抬头看教学视频的时候，偷偷看着他。他觉察旁边的异样，扭头一看，发现她的脸竟然凑得这么近。然后，她就偷偷亲了他一口。男孩儿问我青涩是什么颜色，他说它的颜色并不是山的青，草的绿，也不是宋徽宗梦里遇到的天青，而是得到一个女孩儿垂青的颜色。这不是很美的青春期吗，马尔克斯不也是把他的青春写进了《百年孤独》？

不。

稍后，他又一个人练笔去了，咬着嘴唇把每个字写得端端正正，一个半小时捧出一篇文章。文字左突右冲，依然是排山倒海的愤怒。

考点就在之江路边上，路边野坡上的黄色格桑花铺展到校园的二楼平台。忐忑不安地送他进校，看着他的背影在高高的台阶上消失，我知道，作为母亲的我，正在送别他的童年，那些人之初的可爱、美好与单纯，而现在，他的内心像片海，不愿意母亲潜入，澎湃下的是凝滞、举足不前，平静下的是敏感、自我扩张，冲突那么激烈，时而是天使，时而是恶魔，无论我有多威猛的移山之力，还是有多甘洌的绵流之功，都很难再去感化他，改变他。

他即将开始在真实的生活中，自己去摸爬滚打，走出自己真实的人生。

考场出来，他一脸颓丧，拒绝我的安慰。他说，黄色的格桑花没有为他铺就通往梦想的地毯，很多夭折自然发生。

考场作文的话题，正是送别。

他对他写的送别始终三缄其口。我却确定了我所送别的，是曾经的执念，甚至是送他走向一个与我愿截然不同的未来。

在外出拍片时偶遇一位摄影老师，我记住了他语重心长叮嘱我的话，先学会靠近，再试着远离。我想，很多事都是一样。

母亲的十面石

自从读了初中，男孩儿的一天就更饱满了。十二个小时交给学校，八个半小时留给睡眠，至少三个小时交付作业，除去日常琐事，剩给母亲好好爱儿子的时间不足一个小时——而这半个多小时，大抵都是夜色已暗时，男孩儿推门而入到推碗离席的一个短暂瞬间，似乎星星都来不及升起。

因为珍稀所以珍惜。

于是，在男孩儿还没踏进屋门前，母亲就已经在脑海里反复揣测孩子今天推门而入的表情，是满脸颓丧还是神采飞扬，是精神抖擞或是疲累不堪。她预热好每种情况的应对方案，就像把每道菜放回锅里再一次温热，顺便也把嘴角的笑容调到不盈不躁的温度。

男孩儿踏进房门，小屋里灯火点亮，好菜热气腾腾。

"回来了？"母亲迎上去。

他爬满青春痘的脸上结满深秋的冰霜。

"累吗？"母亲接过书包。

"读了一天书，辛苦了啊！"母亲看着男孩儿走回他自己的小屋。

"今天给你烧了最喜欢的糖醋排骨，快来尝尝！"母亲回到饭桌上，摆好碗筷。

"没胃口。"

"怎么了？"母亲推开房门，轻轻地问。

"总问我怎么了怎么了，烦不烦！"

母亲轻轻地退出。

"'榴莲'和'马里奥'等你半天了，要不先给它们喂点猫粮？"母亲把小猫从笼中放出来。

……

母亲打开电视，把音量调大："今天《喜剧大赛》更新了，我们边吃边看？"

"没什么好看的。"

两只小猫踮着脚在餐桌边走来走去，毛茸茸的身子在母亲腿边来回蹭。然后，在屏幕前坐下来，四只小耳朵竖得直直的。

电视里正在介绍沈阳故宫最有意思的一处遗迹。这是宫内一块巨大的石头，叫"十面石"。石头四周各有八个同等面积的面，刻有碑文，朝天俯地还各有一面，是为十面。坊间说，未见十面石，等于未见天地，未见世面。

母亲辛酸了，这块石头就像是个孩子，是每个平凡妈妈的世面与天地。要把孩子的方方面面都照顾好，八面玲珑足够了吗？母亲的目光随着镜头抚过石头的八面，心里叹了口气。仰脸朝天的那面，日月风云自会照拂，但底下紧贴着地的那面，并不是母亲们可以轻易摸到、看到、看透的，哪怕我们把身子蹲得再低，或者变成一颗种子在它底下萌芽。

"好了，没事了，什么事都会过去。"母亲定定神，走进房，拍了拍孩子的肩。英雄不问来路，十面石底下藏着的那面一定是湿答答、脏兮兮的，为何还要翻起来看个究竟呢？或许等到一个大晴天，他自己想掀起来晒晒的时候，自然就看到了。

"等我五分钟吧。"男孩儿示意母亲等等，让他先调整好心绪。

母亲盖上热菜，默默捧起书，再抓紧读几行。她还要努力长高，长得和孩子一般高，这样母子俩就可以肩并肩，以平行的目光，互相欣赏到彼此朝向阳光的那个顶面了。

又据说，十面石曾常年卧在一家商号的墙根下，颇具灵性。一种说法说这块巨石能随着地面的变动自行升降，不管石下的地面如何变化，都能保持相应的高度。一种说法是它能帮人解除烦恼，息怒消气。

在平行时空里相遇

今天是 2019 年 6 月 7 日，高考的日子。

今年的作文考题很有意思，假如你是创造生活的"作家"，你的生活就成了一部"作品"，那么你将如何对待你的"读者"？

不知道我十岁的孩子会怎样作答。

对于这个问题，年轻时的我也只能交出一份青春的答卷。蒋捷不是写年少听雨歌楼，红烛昏罗帐吗？我们都曾以为生活是部轻松的喜剧，主角在聚光灯下带有自然清丽的妆容，没有超能力却能处处化险为夷，变出繁花似锦。而阅读这部作品的每一个读者，都充满善意，住满心田。

不知道我们的孩子走过成人礼的时候，会不会和我们当时一样，充满满足、喜悦与期冀。

一

或许是在那年，生活在有了家庭后，露出了本来的面目。我参悟到了另一个答案。

它是一部宏伟巨制，而巨制，往往都是悲剧。

剧情难以预设，不由自己书写。有些人平步青云，苟且却如影随形；有些人看似风生水起，其中的跌宕壮怀激烈；有些人得意时尽点小欢，明月却只能照亮杯壁；有些人如清风流水，高处又是独寒；若是平淡终老，也只不尽浑教是醉，三万六千场无人知晓。

更悲的是，在滔滔不尽的时间之流中，任何人都不能逆水而上，否定全盘，重新开始。打一个响指，一切回到过去，那只是银幕上的特效；霍金也不能起死回生。

极端悲痛的是，每一部悲剧的终了，都何其相似。虽然有不同的坟墓，一个坑洞，一个盒子，一个十字架；有不同的安身处所，松柏之下，天地之间的旷野，无边无际的沧海，却都殊途同归。任何人都不能带走一丁点感情、虚荣、草木，甚至是尘埃。

听雨客舟。江阔云低，断雁叫西风。

知道如此悲痛，我打定主意不让自己枉过。我开始驱赶生命里每一个于我不利的过客，那些擅自支配我行动的人，那些不明就里左右我思想的人，那些无端耗费我时间的人，甚至那些需要我一味付出的人。我把心田里那些荒芜杂碎，清理得干干净净；剩下了自己，终于获得了一点宁静。

相伴一生的读者，就是自己。

但面对生活的种种诱惑，我们会情不自禁地迷失自己。闲暇翻卷，看到著名教育家冯友兰的一个小插曲。当年，他是一位爱国青年，一路苦读，创办刊物，赴美考察，回国任教，著书立说，兼纳西方思想，使儒家哲学大放异彩。但"文革"浪潮风卷云涌，他出于自保，出于不甘退居边缘的世俗利益，倒戈批孔；

何必一定要站在群众的对立面呢？和群众一同批林批孔，这不就没有问题了吗？在冯先生的笔下，孔子成为"顽固地维护奴隶制"的"开历史倒车"的阴谋家。一时间，欢呼如潮，拥护如潮，让他飘飘欲仙。的确，地位愈高，受众愈多，坐拥俯望，人生巨制几近完美；但为哗众取宠，极尽迎合谄媚，把自己的生活交由读者编剧，已然丧其人生主权，呜呼悲哉。作为一个学术成就极高的学者，晚年的冯友兰一直因此懊悔。

要做自己，何其难。可能需要一生才能明白。现在的孩子，困扰于师长的约束，同伴竞争的压力，在别人与自己之间左右为难，只能在迎合与服从中做出选择。但这就是生活，经历过重重捶打痛彻心扉后，才知道什么是自己。八十四岁的冯友兰在回忆录里写着：我得了一结论，今后只能听自己。

贾平凹给生活里的行者写了一本书，名字叫《自在独行》。他说，懂得孤独的含义，生活里会多一份潇洒。对一张琴，一壶酒，一溪云，心里涌起的是洒脱，而不是欲望，才能从容去品尝生活的甜酸苦辣；然后让心放松，才能听到自己的渴望。

村上春树凌晨四点起床开始写作，清晨七点用罢早餐，稍事休息后跑步十公里，下午的时间交给翻译工作，黄昏后的时间听听音乐、喝喝小酒，九点不到就去睡了。这种独处看起来无聊，却是一种能力。一个年轻的生命，逐渐脱离对外界的依赖，拥有面对自我的勇气，让生活因为自己需要而饱满。这样，同自己对话，才能获得不竭的动力。

自在笃行。

归根到底，内心的丰盈能抵得住热闹的浮华。

二

可如今，年近四十的我们，又有了全新的答卷。

看看钱钟书和杨绛的往事。1942 年，杨绛的话剧《称心如意》让她迅速走红。钱钟书坐不住了，他对杨绛说，想写一部长篇小说。杨绛十分欣喜。为了节省开支，她把家里的女佣辞退了，进厨房劈柴做饭，去河埠头洗衣晒被，大家闺秀包揽了所有的家务。两年后，钱钟书写出了《围城》。

不是为了爱情而爱，爱情是为了人生。

伴侣就是人生中除自己以外的另一个重要的读者。两个真实的、自由的灵魂相互给予，会让各自成为更好的自己，磊落的自己，诚恳的自己，纯良的自己。

国学大师钱穆曾在无锡一小学任教，他对新分配来的教师朱怀天说，出校门有两条路，一条路往左，过小桥，到市区，可吃馄饨饮绍兴酒，佐以花生塘鳢鱼，同事皆往；另一条路往右，越围墙，穿田野，仰天俯地，畅怀悦目，他一人独行。问怀天愿左行，还是右行。相视一笑，怀天愿右行，遂为友。于是，怀天爱读《六祖坛经》，钱穆始治佛学；怀天带来其师公新著《宥言》，宣扬共产思想，钱穆虽爱其文，却反其说，两人以文为辩，最后成书《二人集》……

和呼吸一样，灵魂，需要吸收另一个灵魂的滋养来充实自己，然后以更丰富的滋养去回馈对方；像一道光，照亮自己的同时，也点亮对方。这一种美妙的契合，是彼此成全，彼此抵达。

所以，人生如果是一部作品，自己、亲人与益友都应该是我们最忠实的读者，爱他们就等于爱自己。现在，我总有一种释然，那些曾经支配我命运的人，不明就里左右我思想的人，无端耗费我时间的人，需要我一味付出的人，我也不再排斥，试着去平静地接纳他们。因为每个人的身上，都有光。与其等待被别人点亮，不如试着自己发光。广阔、明媚，是另一种清澈的境地，而我们的作品，也才能充满无限的可能。

夜深了，一个母亲写了这么多，是想象我们的孩子在成人礼的时候，在而立之年肩扛生活的时候，在四十不惑迷茫焦虑的时候，无意中读到这些文字，能产生一种跨越时空的共鸣，同为二十岁、三十岁、四十岁的彼此，让他们体察到每一个父母都不是现在理所当然的样子，也有幼稚、迷茫、自我、怀疑与成长，从而劝慰他们陷入疑惑里的那个当下。

三

但无论如何，在作为母亲存在的人生中，我们的孩子都是我们一个非常重要的读者，陪着我们经历成长与蜕变。

有人说，人的一生都在爬两座大山，第一座是关于"自我"的，第二座是关于"别人"的。第一座山展示的是个人，是独立，第二座山暗含的，是征服，是践踏。

有些人，先登第二座山，先征服别人的大山，借以实现自我，享受遗世独立、凭虚御风、高人一等的人生价值。而有些人，先登第一座山，在实现自我的路上，越来越成功，越来越幸福，然后为了别人，或某个大众的福祉，宁可缩小自我，成全别人。从另一个层面来说，他们先爬了第一座山，也试着在攀登第二座山。这时，第二座山，就不单指征服与践踏，它呈现的是进退、包容、忘我与奉献。

在母子一场的人事中，这两座山给了我很奇妙的启发。为人父母，没有攀上过第一座山峰，没有独立与清醒的自我，面对陌生，就会无端生出许多恐惧。恐惧，往往是恶的源泉。

不过我身边的很多父母，在前半程的旅途中，从来没有放弃过自我实现，在自己的事业、人生追求上。孩子的出生，意味着我们又要攀登子女这座高山。而此时，我们本可以躺在前半辈子打拼来的锦衣玉食中，充分地舒展，享受安逸。再一次收拾行囊，再一次启程，去重新认识自己，挑战未知的自己，又何尝不是人生的第二次逆龄成长？

这场攀登，处处碰壁，却无怨无悔，幸好我们曾登过第一座称作"自己"的山峰，内心的充盈让我们不易焦虑。比如不会轻易用一把标尺衡量别人的孩子与自己的孩子，不会以占有孩子的生命来填补自己的空虚。自我的修炼足够，内心也会足够通达。在攀登中，我们站成了一座屹立在孩子身后的大山、靠山，传承给孩子独特的知识结构，独特的个性品质，独特的文化构成，我们形成有不同气质的家庭。

雨果在《巴黎圣母院》中说，我们来到这个世界上，应该是给予。我们在给予孩子，而孩子小小的灵魂是那样鲜活有趣，也给了我们使命与希望，给予我们再次成长的力量。这便使我非常好奇，想象流年能暗中偷换，我们与孩子如朋友般在最美的年华里相遇，同为十八岁的我们，三十岁的我们，四十岁的我们，在平行空间里，并肩而立，相视一笑，相谈甚欢。

母爱的一百种结局

男孩儿要写亲人之爱的作文，冥思苦想很久，来讨要写作素材。

嗯，毕竟我是那么饱含深情地爱着男孩，素材当然信手拈来：

有个人每天烧花式花样的菜给你吃？——不值得写。

有个人每天温柔地把你从床上唤醒？——不值得写。

有个人每天在你的水杯里灌各种好喝的水？——不值得写。

有个人每天把房间打扫得干干净净，棉被里常常有松软的阳光？——不值得写。

那，有个人含着眼泪杵在妇儿医院住院大楼？——不值得写。

有个人让你独自转两辆地铁出去办事，而她却在默默担心？——不值得写。

有个人女扮男装，做了这么多年的圣诞老人？——不值得写。

好了好了，别说了。

那个人陪你看山、看水、看世界，为你花钱、花时、花心血？

都不值得写。

他的文章写好了，主角又不是我。

原来，母爱无私到不值得。失落，如深秋的冷雨密密交织，凉在心窝。

母亲爱孩子是自然界动物的生存本能，从来只有袋鼠妈妈把小袋鼠装在育儿袋里，从来只有麻雀妈妈为了保护小麻雀而不顾一切与天敌搏斗，却没有小北极熊带熊妈妈出去觅食，乌鸦反哺也仅是李时珍的美好寄想。一声叹息。转念，人母只求回报，养儿用来防老，那不就附属了道德绑架，变成一种可耻的交易，这冥冥注定同行的缘分，也未免变得太薄情了。

母亲的无私就是这么滋生出来的吧，在千百万个默默的女人心中。从一点点付出，到不知不觉倾尽全力，甚至倾其所有，只为他的童年不贫瘠，为他的韶华不悲唏。而到头来，却一点点地不被接纳，不被认可，以至于最后，一点点地被迫退出。或许退出的那一刻，还要留些许尊严，体面地、得体地退出，母爱就称得上是伟大的了。

但无私与伟大，是圣坛上被用作祭祀的两盘贡品，不仅仅只代表着崇高。很多时候无私的映射，往往是自私；伟大的映射，往往是渺小与平庸。打着伟大的名号，用着无私的姿态，背后往往是母亲内心深处极其焦虑的占有欲和控制欲。不是最大的自私吗？

　　母亲的个体如果无限膨胀，孩子的个体，往往会落在阴影里寄居，看到黑暗与自我；抑或是被挤压，扭曲变形。一个平凡的母亲，不该承受这般崇高；一个平凡的孩子，也不应该在生命之初，去承受"伟大"这一不能承受之重。

　　孩子们读不懂这些道理，但是很多时候，他们的心里是懂的。他们从不曾向母亲提出过什么标准，什么要求，却在母亲的要求与标准下生活，有条件地得到母爱。

　　母爱才会不值得。敲响警钟。

　　向儿子提出抗议。

　　男孩宽慰："妈妈，你给的爱如果用两个词形容，你知道是什么吗？

　　温暖、博大。"

　　庆幸。简直比无私与伟大好上几万倍。

　　十分的爱，五分留给孩子，五分留给我们自己的世界；两个相互依存又相对独立的自我，才能互相给予。在母亲的一百个结局里，这种结局最美。

对对错错

一

一位老师在批卷，抬头问："AABC 的词语填了'苍苍白发'，能算对吗？'白发苍苍'才是常规用法吧？"

她停下红笔，眼前浮现了横亘的群山，风来树舞，雪被扬起，轻轻覆盖在另一片树头。一山共白雪，与君偕老，小木屋里的两位老人相视。她的目光拂过山，拂过他鬓角的白发，眼里流出少女的叹息。

这个孩子是时间派来的啊。

二

一位老师在批卷，抬头问："写比喻句不该是'天上的云朵像绵羊'吗？这个小朋友写'地上的绵羊像白云'，能算对吗？"

她的眼前浮现了辽阔的草原，她停下了手中的笔，视线穿过窗户，飘向了城市与城市的边缘。风吹着云，吹着草原上绿意连绵的山丘，云影悠悠地跑着，山丘也慢悠悠地跑着。一群绵羊被风吹成一团又一团的，上了山丘，又溜了下来。她的手拂过洁白的试卷，眼里流出云的爱恋：这个孩子，就是风啊。

三

　　一个老师在批卷，抬头问："成功的反义词不该是失败吗？平庸，能算对吗？"

　　她曾向天空抛出无数枚硬币。它们打着圈，落在泥地、书桌、池底、可爱的童年和违逆的青春，不是正面向上就是反面向上。尝试越多，结果就越确定。她知道正与反的概率终将趋向一致，就像不是聚，就是散，不是洁净，就是污浊，朝与暮，她和他，非此即彼。

　　现在，她在这个孩子的答案里听到了另一种声音，并非硬币落下时嗡嗡的像涟漪样的金属余音，而是一记不易察觉的刹车声。她循声看去，看到这枚硬币渐滚渐缓，却没有倒下，而是在地板上直愣愣地竖着，像一只睁得极圆的眼睛，以居高临下的角度，不可思议地看着一地正面或反面向上的硬币——

　　成功、失败与平庸，谁站起来俯瞰了众生？

　　过往在她的脑海里一闪，她曾像很多人一样赴汤蹈火、义无反顾地奔赴前程，哪怕成功微火明灭，哪怕与嘲笑比邻，哪怕被寒雨逼迫，只是到她认为退无可退时，选择了无可奈何，听天由命。

那一刻，她忽然意识到了什么，是失败与成功携手站了起来，看到了一地平庸。

失败与成功都是已经踏出的步伐，是脚下错综复杂的路，通向未来；但是平庸，它始终在原地踏步，左顾右盼，在瞻前顾后，摇摆不定，犹豫不前，是对思想的清除，是空洞，是逆来顺受与照单全收。

她笑了，这个孩子看到了成人被现实包裹的心底深处的渴望。

或者，他看到了平庸之恶。

后来，她又看到了很多原来是近义的词语在越行越远，甚至开始互相排斥又水乳交融。比如宣传和炒作。

师命如山

一

师命："今日饭毕，汝等不准按原路线回教室。三五结伴，另辟蹊径，必先行经操场北角晚樱之下，再经森林公园紫藤树下，方可返回教室学习。"

生曰："诺。"

学生流水账：

吃完午饭，我们不按原路回教室。先走过两棵樱花树，风吹来，樱花花瓣落在我们的头上。再走过紫藤林，紫藤花瓣落在我们的头上。我们带着樱花和紫藤花的香味，回教室订正作业。

师云："栉煦风，沐花雨，小小的诗意生活。"

二

师命："春日来讲台边面批作业，汝等不准目视为师手中红笔之尖。必先举头，凝望窗外枫树，方可取回作业。"

生曰："诺。"

学生流水账：

紫玉兰花谢了，枫树还是光秃秃的！

下了一场雨，树枝上垂下了一颗颗水珠，闪亮闪亮的！

它发芽了，芽是嫩红色的！

它的芽长大了，嫩绿色推着嫩红色长大！

它开花了，绿叶下挂起了一串串小红球！

它长出翅膀了！它们要飞了！

师云："古有明眸如洛神，是因蘅皋、芝田、阳林、洛川而善睐。如今目之所至，皆为勾勾叉叉，又怎能明眸善睐？"

眼里有光，心里有海。

三

师命："每日放学之路名曰鸢尾小路，汝等必先与众鸢尾行告别之礼，方由长辈接送回家。"

生曰："诺。"

一日流水账：

今天放学，我挥手与鸢尾道别。风吹来了，它们想扑翅膀了。原来，四月的鸢尾最美。

师云："你若有情，文字亦有情，流水账上花自开。"

师命如山，急急如律令。

然天气预报数日皆雨，忘命诸生饭后躺于操场望春日之天。不看春日之天，怎懂春天？况乎"天"中有"人"，不读天，如何为人？顿足惜叹，失矣，夏将至也。莫道，雨天望天？

喂　养

斜斜的夕阳下，一个胖乎乎的身影向我欢蹦而来。

是他，呵呵。又蹿了个子，又圆了一圈。冲到我跟前，却依旧像个小萌娃，团着身子，仰着大脸，用粗粗的嗓门嗲嗲地唤我一声"羽老师"。我伸出的手还没摸到他刺刺的脑袋，他就腾地把身板挺直——这么肥厚，怎么能称为身板呢？该像个冲出地表拔节的大粗笋吧！大粗笋投出一个大大的黑影子，结结实实地罩住我。我只好仰头看他，他带着斜阳的光辉。

"走，羽老师，我带你去买菜。"有了好主意的他，总是一缩头颈，习惯性地咽下一小口唾沫，伸出粗短的食指在脑袋边一晃。手指尖上，有和眼角里一样狡黠的亮光。

"今天啊，给您烧一桌菜！"他爽朗地拽上我，直奔菜场。

我忍不住笑了，走在这个曾经的学生身边，我像是一个不谙世事的小孩。也的确，搂着书与琴过风花雪月，自然不习惯锅碗瓢盆柴米油盐。想到一脸油滑的菜贩，就情不自禁脚生胆怯；看到沸腾的油花，就想转身逃回房去。这家伙实在太了解我了。

不需讨价还价，只和老板对了个眼神，他便爽快地将各色蔬菜纳入囊中，收至麾下。还从鱼贩的水箱里捞上一条又大又肥的河鲫鱼，从挂满各种红肉的摊上，切了一块他认为最鲜嫩的里脊肉。

他深谙此道，极具天赋。早几年还是个萌娃，就撺掇几个小伙伴到我家饕餮，丢掉的披萨盒稳稳地垒成墙，还高过我三分。一次来蹭饭，竟卷走了一桌子的美食，品评之后，留下瞠目结舌的我的老父母。看现在，士别三日，更是往专业方向发展了。

塞进一个壮壮的他，小小的厨房一下有了生气。砧板摆开来了，煤气灶点上火了；水哗哗地从菜叶上每一条经络滑下，抽油烟机呼呼地大口畅饮；刀起刀落，鲫鱼被敲昏了头，蒜球被剁成了泥。盘子一个接一个端上了餐桌，大娃小娃直呼过瘾，但还咬着筷子，挤进厨房，去听大锅里扑哧扑哧鲫鱼冒泡的声音过过耳瘾，去看雪白雪白的豆腐在浓汤里上下翻滚过过眼瘾。他踮着脚，挂着我的粉色围兜，举着铲子嚷道："别急，别急啊！"

教了快二十年的书，那些曾经的学生都已遍迹天涯。把我忘在江湖的，就当羞涩的怀念难以言表吧；偶尔一次相遇时眼神的交流，短信问候里朴实的言语，淡淡维系着的师生情缘也足以让我感动。而我把他从六岁足足"教育"到了十二岁，他该与我结为世仇才对，为什么还与我如此亲近，就像是我的一个大孩？

好吃，总和懒做成为死敌，他就是这场自我战争的失败者。记得我教他语文时，他出了名地懒。且不说作业本是白花花的一片，能涂上几个圆圈把空格填满，我就得感恩戴德了。所以每天"放学后见"，成了我们约定俗成的密语——一到放学，他就拖着胖胖的身子来办公室，听我念完反反复复的"咒语"，再补课补作业。

有时看他埋头苦耕，我就打赏他点好吃的，几颗红枣，几块饼干。有一次，还点了肯德基外卖，让他啃个鸡翅，喝杯果珍。他欢天喜地。而我也总以为笼络他的胃，就能收买他的心，让他也对我感恩戴德。可是哪能！

又一次他交了空白作业，气不打一处来的我，立即召唤他的父亲把他领回家，还厉声诏令，完成作业再来读书。看着父子俩走出校门时颓丧的背影，我竟然有一种无耻的快感。

可是三节课下，急急的电话铃声传来——

这小子一甩门，离家出走了！

鱼上桌了，我们坐下畅谈。打开话匣子的肯定是曾经的糗事。

"羽老师，世界这么大，你怎么就知道那时我离家出走，会躲到新江厦书城？"他眨巴小眼睛问我。

"怎么找到你的？让我想想……"

小子，世界那么大，你以为老师掐掐手指，就能算出你离家去哪儿？要知道，那个中午，我们一行人，兵分七八路，翻了桥头，寻了美食街，查了街头监控，还望了河水啊！不过最后还是我拍了脑袋，想起曾经对你们的胡诌乱掰：

再苦再愁，书海一游！

抱着最后一线希望，冲到了当时最大的书城。小小的你果然躲在那个角落，又冷又饿。

我那时才知道，你只跟着爸爸过日子。

看到你孤独无助的眼神，我知道我做错了。我曾把你像小动物那样圈养，那样投喂，而没有意识到，你是一个有思想的小男孩，也是一个有情感的人。

之后，对你笑也好，对你怒也罢，这迎来送往之间，就宽了一点心，又多走了一点心。陪你作业，听你吹牛，给你添菜；喜你所喜，忧你所忧，还把一本本书当朋友送给你……日子虽然过得云淡风轻，却有一点甜蜜在心头，仿佛是我又养育了一个大儿，每日喂养你乐此不疲。

"谢谢你啊，羽老师，把我的人生从沼泽里拉了出来。"他捧起饭碗，以汤代酒敬我一杯。这鱼汤，味真醇，甘甜，有回味啊！我咕咚咕咚喝下一大碗，享受被他奉养的幸福。

他胡侃着人生，走过的五年，当下的五年，下一个五年……飞扬的手，与空气擦出梦想的火花。我用仰望的视角，去祝福他的未来。

原本只打算为现在的学生写一篇关于互相关爱的下水文。但这一条鱼线抛到记忆的长河里，却牵出一串幸福的往事。与其是写他来奉养我报师恩，不如说是写他——教会我如何为师，如何去养育学生的心灵。

一个幸福的人，是得拿出自己去喂养饥渴的灵魂，不然，很快就会枯萎。

天真在流浪

一

一个学生的膝盖磕到了，渗出血丝。老师急忙打开救护箱，可红药水见了底，就带他去找校医简单包扎。

老师，老师，你去哪儿？小孩子的眼里，教室里若不见了老师，就像天地间少了女娲。

我带他去保健室，老师拍了拍学生的肩膀安慰道，马上就回来。

保健室？

嗯，对！

我知道，我知道在哪儿，我陪他去保健室！他眨着聪慧的大眼睛，信誓旦旦地拍着胸脯。

我陪他们一起去！又一个孩子自告奋勇。

于是，三个一年级孩子小小的背影互相搀扶着消失在走廊拐角，这样的画面在老师看来，美好得像一粒水晶。

可左等右等，不见孩子们踪影。老师有些担心，忐忑地给校医挂电话，并未查询到孩子的行踪。

教室距保健室不过短短的几十米，路上并没有荆棘山沟，也没有魔鬼獠牙，更没有玩具诱惑，这三个孩子去哪儿了？老师循着他们去时的路寻找，一路无果。难道是哆啦A梦打开了时空门，还是走廊窗子开着，小彼得潘们飞了出去？

终于在体育器材室里找到了他们，器材室管理老师一脸无奈地陪同。

"你们在找什么？"

"我们在找宝剑。"三个人头发上都挂着汗珠，都是闷得累得。

"找宝剑干什么？"

"老师，你不是让我们去宝剑室吗？这个教室有球，有球拍，有哑铃，就是没有宝剑。"

管理员老师侧过头问老师："你要宝剑干什么？"

二

前些天是紧张的期末复习，老师不厌其烦地给一帮可爱的三年级学生讲解习题。天气炎热，一连几天嗓子又干又渴，终于"卡带"了。只好每天随身带一个扩音器，因其"身材"娇小，扩音效果好，业内人都叫它"小蜜蜂"。

那天，老师捧着试卷急匆匆地赶到教室讲评。一开口，才发现忘带"小蜜蜂"了，赶紧叫两个小孩到办公室把"小蜜蜂"取来。

半节课过去，取"小蜜蜂"的同学一直没回来。老师心里纳闷，怎么跑趟办公室需要这么长时间？会不会出了什么事？于是，又派了两名同学去找。

过了好久好久，四个孩子涨红着脸气喘吁吁地回来了。一进教室就面露难色地嘟囔："老师，老师，我们找不到'小蜜蜂'！"

"不是就放在办公桌上吗？"老师奇怪地回答。

"啊？"他们面面相觑，"'小蜜蜂'怎么会在老师办公桌上？没有啊！"

"那你们去哪儿找了？"我好奇地问。

"小公园啊！"他们理直气壮地回答。

"老师，您不是要我们去找'小蜜蜂'吗？我们都找遍整个小公园了，可就是没有一只小蜜蜂！"一个孩子气呼呼地说。

看着他们汗流浃背的样子，老师又气又好笑，怪自己的事没自己做。

第二日，老师又忘带"小蜜蜂"了。为了防止昨天的失误，老师起身去取，两个聪明伶俐的同学立即发下誓言说能快去快回。这下，两个机灵鬼没一分钟时间就回来了。不过还是没取回那个扩音器，拿回了一包糖。

"老师，这包糖糖上不是画有好多小蜜蜂吗！"

在《雪》里读到一句话，天真的人总会对自己犯错。似乎已经习惯了为迎合与融入，过上让自己不再犯错的生活，我以为这就是成熟。但我们内心所期盼的，却恰恰不是为了走向复杂，而是为了抵达天真。

空白诗

很久很久以前，有一个老师，她总爱抱怨学生太调皮了，总让她提心吊胆、担惊受怕，总让她平白无故生气发火，害得她不能好好做老师。

于是，天神派来了一个小恶魔帮助她。小恶魔来到她的班级，所有的小朋友都被吓坏了。它的身子像一团毛茸茸的黑球，连头上的独角和身后的翅膀也是黑色的。大家都不敢和小恶魔说话，也都不敢再淘气，坐在自己的座位上认真听课，写作业，偶尔低声和同桌说说话。老师满意地笑了。

老师走了，小恶魔却坐在自己的座位上，嘤嘤地哭起来，边哭边说："妈妈命令我来收集淘气，没有淘气，妈妈不让我回家。"

"淘气，我们多的是。"

"什么是淘气？"小恶魔的眼睛黑漆漆的，没有一点儿光彩。

后排的小胖说："我把教室鱼缸里的金鱼捞出来观察，还没看清楚，它就跳到地上扑腾几下死了。"老师说："这就是淘气。"

他旁边的月月说:"我也有淘气,我常常在课堂上小声唱歌,老师问我是谁在唱,我说是小胖。"

小胖生气地白了月月一眼,把月月的作业本丢进了教室角落的垃圾桶。月月气得大叫大嚷,把小胖的书包丢出了窗外。

前排的皓皓笑了,说:"我送你一个淘气。我想知道老师会不会笑,就趁批改作业的时候,丢给了她一块橡皮,上面画了个杰瑞……"

"好,好,你们慢点说。"小恶魔从怀里掏出笔和笔记本,在第一页上,一笔一画地写了一个"正"字。奇怪的是,小恶魔每画一笔,翅膀上的一片黑羽毛,就发出一道亮光。亮光逐渐熄灭,五片黑羽毛不见了。

学生们把小恶魔围在中间,好奇地问:"我们班的淘气全校最多,你要收集几个?"

"整整一千个",小恶魔睁大黑黑的眼睛认真地说,它这样子看上去不太吓人了。

于是,学生们挨着个地,把淘气送给小恶魔。李小明说,他曾在分饭的时候,偷偷塞了一袋小番茄带回家去给妈妈尝;张天亮说,他躲在门边放哨,让林大星跳上讲台学兔子跳;陈雨果说,她把班级里放着的奖品偷偷发给了三个淘气包,还说王塞罗前年六一节的时候,把一大团餐巾纸丢向呼呼飞转的吊扇,边丢边喊冬天即将到来,雪花开始乱飘……一个学期下来,学生们把所有记得的淘气都绘声绘色地告诉给了小恶魔听,小恶魔的黑本子上写满了一个个"正"字,他数了数,一共有九百零一个。小恶魔的翅膀已经褪去,皮肤也渐渐白润起来,除了头上的独角看上去使他与众不同，其他已与普通学生并无二样了。

快放暑假了，小胖突然感到很伤心，他说："我们的淘气就快说完了，假期里，小恶魔去哪儿收集淘气呢？"

月月说："来我家吧，我们小区住着很多同学，暑假里，我们带小恶魔一起淘气。"

于是，小恶魔就住到了月月家。暑假里，有哪些淘气的事可以做呢？他们把水装到气球里，往小伙伴身上砸；他们把嫩嫩的冬青枝干做成佩剑，进行一场比武；他们吃槐花，还收集茉莉花的花瓣，滴入夏天的雨水，制成香水洒到爸爸们的皮鞋里；他们一起在林大星楼下唱歌，催他早点起床……

一个暑假过去了，小恶魔又收集了九十八个淘气。他被月月妈妈养得白白胖胖的，头上的独角也已渐渐隐退，留下一个淡淡的疤痕，一般人看不到了。

开学了，老师感到很欣慰，学生一个个都坐得端端正正地听她训话，没有人七嘴八舌，更没有人捣蛋了。

原来大家再捣一次蛋，小恶魔就要回家了，永远不能和他们在一起玩了。

老师觉得这时候像个老师了。她微笑着走进教室，走出教室；她美妙的讲课声在满当当的教室里回绕；她轻轻抚摸孩子们毛茸茸的脑袋，批改他们写得端端正正的作业。不过，有时候，她也觉得少了点什么，可是她说不上来。

孩子们每天坐在长方的教室里认真听老师上课，在细细长长的作业格子里一笔一画写作业，一二一地排队做操，在一条一条的跑道上比赛奔跑……虽然有小恶魔在，大家也都觉得少了点什么。

有一天，小恶魔不见了。发现他不见的那天，教室里飘满了透明的肥皂泡泡，学生们兴奋地挥舞手臂，在教室里又蹦又跳，他们把泡泡一个个拍碎。泡泡水落到地上，落到椅子上桌子上，黏糊糊的，学生们一起用抹布把它们擦洗干净。一边擦，一边又难过又高兴：小恶魔走了，可它也终于学会了淘气！

最后几个泡泡缓缓落下，落在每个孩子的头顶上，留下一道亮闪闪的印迹，同学们好奇地互相张望，每个同学的头上都长出了一个小小的独角，就像小恶魔的独角那样，不过，一般人不仔细看，是看不到的。

老师看了有些害怕，她有什么好怕的呢？——估计是怕她有朝一日也变成个小恶魔。

第四卷

白日梦境

有时从梦中醒来
有时又睡去
梦里比醒时更富生气
醒着的梦呓

玉荷花又香

一

那日工作结束，由林荫小道散步回家。

初夏的阳光依然和煦，风吹得人发软。我漫不经心地走，一阵花香猝不及防扑来，像是送来一个久别重逢的拥抱，从头到脚都是亲昵。

抬眼望去，在玉兰、蜡梅肥绿的叶丛底下，什么时候冒出了栀子花，像一片白云，又像一群刚出窝的小鸽，那么纯净的白，凝脂样的白，在斜阳下朵朵发光，是阳光唤醒了她们，还是她们点亮了白日？

我凝望着落下柳梢的夕阳和皎洁如水的栀子花，眼前突然迷离起来，奶奶的满头银发，打着波浪卷似的银发，像泛着白光的湖水，像起伏的雪山，在栀子花上清晰起来。我甚至看到奶奶，正用流转着清水的笑眼望向我。

倏地，又不见了。

一定是她想念我了，托栀子花来看我了。

奶奶生前最喜欢栀子花，她叫她们"玉荷花"，大抵是因为栀子花清丽典雅，如玉如荷，在陆地上遗世独立。

每到夏时，玉荷花一香，奶奶就表现出一个小女孩的惊喜，抿着嘴深深地吸气，眼角弯弯的，雪白的头发柔软地卷曲着。她循着香气散溢的足印去找花，草叶间留下一串香香的足痕。我坐在石槛上等奶奶。她折了几枝，欣喜地捧回家，总把手凑到我的鼻尖，说："染得满指都是香，你闻。"

我贪婪地吸着香气，扯着奶奶的衣角随她进了屋。她对着梳妆镜，拣择玉荷花。梳妆镜是红木制的，镶嵌着螺钿如意与灵芝，十分别致，奶奶的笑脸和玉荷花在镜面浮动，像一幅画。她折下一个花苞，别进蓝色旗袍的盘扣里，绿色的花萼裹着白色的玉瓣，这幅画也溢出了清香。她又择了几朵半绽的，塞进香包，抽紧绳头，揣进袖口；余下的，深深浅浅地插在洗净的瓶子里，放到我的小书桌上，白白的花瓣自由地展着，摊着的书页苏醒过来，黑色的铅字开始呼吸。

原来在还懵懂无知的时候，我已经接受了生命最初的美学课。

我回过神，贪婪地吮吸眼前这片浓郁的香味，心里满是歉意。十多个年头了，每年都闻着玉荷花香的，却把奶奶忘记了，忘记了这么久。

二

许是幼年一场不留心的炎症，奶奶的肺里留下了一个小指甲盖大小的伤疤，随着年岁增长，它成了万恶的病灶。药水从一根细管子里流进她美丽的手臂，银发落满了雪白的枕巾。

有一种从印度代购的药，名叫易瑞沙。我永远记得这个神圣的名字，在奶奶被化疗折磨得生不如死的时候，像璀璨的阳光，洒进了曾被光明抛弃的孱弱的身体。

这是续命药。奶奶坚决要吃。但这药一粒就要五百元，一天一粒。

那两年里，她的生命，像重新绽放的花朵，像枯木上新吐的嫩芽，又焕发了力量。可她又任性地说不吃了，无论我们怎么劝。她笑着说，已经做好了离开的准备。

离开，是永远的告别；告别，意味着再也不见；再也不见，是奶奶与我们之间嬉怒笑责痴，都随烟而逝。能握在掌心里的，只能剩下思念。

谁都改变不了她的决定。于是每晚，我们一大家子都从城市的四面八方聚到医院，围在她的床边有说有笑。但大山才起了个开头，她就洒脱地挥挥衣袖，赶我们回家：

活着开心，就好。

死了，不要惦记。

去，各忙各去。

我们装作笑着离开。

奶奶一直都这么随着她自己的性子。

我五岁时，爷爷走了。我哭得昏天暗地。她拿了爷爷的丧葬费买了块手表，带上一个照相机与三脚架，独自一人旅行去了。大家说她无情。

我妈那时工作三班倒，爸又经常出差，六七岁的我一人守着家。妈妈放心不下，就叫她住到家里照顾我们。她说不来，有自己的事要忙。我妈怨她自私。

堂弟出生，阿姨请她搭把手，她没去，说自己的孩子要自己带，自己的生活要自己过。阿姨怨她懒。

樱花海棠她们，总满枝地攀着粉墙，希望得到认可；而且还要以最美的姿态从空中落下，要在地上铺成最绚丽的花毯，要奉献出最灿烂的芳华，才不舍地化为花泥。玉荷花呢？她若是想开放，就在一天白满枝头，香得弹不开，散不了，香到昏天暗地；若是想要凋谢，就无所顾忌，还在枝头就开始烂黄，独来独往的，才不管一旁崭新的花蕊正含苞待放。

奶奶，就像玉荷花一样浓烈又冷艳，洒脱又任性。

正是玉荷花枯烂的时候，奶奶如她所愿地走了。她支开所有的亲人，一个人静静地离开了。穿着那件熟悉的蓝旗袍，安详地躺在那里，盘扣上别着一朵枯萎的玉荷花。

她不要我们用泪水送行。她留下了最后的体面和尊严。她留给了我这世间最哀伤的美。

三

晚上回到家，与孩子聊起了恍惚间对奶奶的思念。但儿子却像大人一样抱着我嘤嘤地哭起来。谁都害怕死亡，害怕分离，害怕告别，我又何尝不是呢？当我察觉到我能爱的时候，有些人却已经早已决定离开，而我只能穿过时间去看她。

爷爷去世后，她独自住在一间两居室中，里头那间是卧室，外头这间是个小小的会客厅。一进房门，就有股书香气。

她常在会客厅的小方桌上铺开白纸，捏着墨碇，在砚台上细细研出一小盘墨。笔画像泉水一样淌出来，清澈、通畅、玲珑、敞亮，带着一股墨香。她最喜欢四个字，总是写了又写，选出最满意的，请人装裱，挂在墙上，两个房间各一幅，那四个字是：心平气和。父母常为了鸡毛蒜皮的事吵得不可开交，闹到她面前，她什么也不说，铺开纸，就写这四个字。写好后，捧到父母跟前，罚他们好好读。父母干瞪着眼，看着墨迹未干的字，再也吵不起来。我开心，只有奶奶才能想出这么好的办法，安抚两个前世的仇家。

可惜她的墨宝，我们一幅都没有留下，她决然地带走了。

她还养了一个阳台的花草。外面围着的一圈是月季、玫瑰与各色堇花，爬上墙的有金铃子、五星花与金银花，半阴的角落绿着一大簇一大簇的水竹，那些小茉莉、仙人掌、黄米兰错落地靠着。每次有客人来，她总如数家珍地介绍这些朋友。在她的眉眼里，这一朵朵花，一株株草，好像都一个个成了精似的，刁钻得很。

　　她还把糖纸一张张展平，再卷起来，糖纸公主立在我的手掌心上；她收集各色的小石子；她为每一个娃娃织毛衣；她把一幅字画和十元钱弯腰递给一个路边的乞丐；她骑着一辆红色的小自行车从菜场回来，车篮里的菜，摆得像盆花。

　　以前，我一直不明白，我所向往的生活为什么一直与许多人不同，不是锦衣玉食，不是蝇名蜗利，也不是桃花源，原来是从小看着奶奶，学着她的样子，渐渐也想把平淡的日子过成一首首小小的诗，在每一个精致的清晨，每一处潮湿的墙角。

　　奶奶还是当时天胜照相馆里响当当的染片师傅，一张黑白照片经过她的巧手，就活色生香了。

　　我常跑去看她工作。在一排斜斜的雪白的荧光屏边，坐着很多美丽的阿姨，她就在其中。见我来了，笑盈盈地把我拉到身边坐下。她接过后排暗房叔叔递来的一张黑白照片，把它扣在工作台前的屏幕上。白色的荧光透过玻璃片，把黑白照片打亮了。

　　她从抽屉里取出一个彩色本子——巴掌大小，边角都已经卷起的彩色本子。随手一翻，落到红色那页，她说这是倪瓒笔下"夏果落山雨，春衣染夕岚"的夕岚色。毛笔沾上水，在本子上来回抹几下，手中的羊毫笔尖就染上了落日云崖的色彩，她提起笔在照片上轻轻一点，夕岚像涟漪似的一圈圈漾开，黑白照片里，小姑娘的脸神奇地红润起来了。

　　她又把彩色本子往后翻几页，翻到像山楂果那样红的一页，她说曹雪芹的《红楼梦》里讲，西方灵河岸上三生石畔，有一枚绛珠草，这枚绛珠草是林黛玉的前身，它的果实成熟时，颜色玲珑红润，浑圆如珠。奶奶就把这种颜色叫作点绛珠。她用毛笔尖一描，再涂在小姑娘的嘴唇上，照片里小姑娘的脸蛋生动起来。

"你想让她穿什么颜色的衣服？"她问我。

"嗯，粉红的！"我不假思索地回答，"粉红色是全天下最好看的颜色！"

她就给小女孩染上了一件粉衣，她说这种颜色叫"颖颖"，我一直以为奶奶拿我的小名取笑我，长大后，读了很多诗，才知道有两首诗绘色最妙："一片桃花水，盈盈送客舟""既爱盈盈色，更上高高台。"盈盈之色，最柔美。

我翻箱倒柜，找出一叠老照片给孩子看。其中一张是拍摄于1955年6月1日的照片，照片中有个小娃娃，捧着个大西瓜。那是我的父亲，那时他一周岁。在没有彩色照片的那个时代里，奶奶一笔一笔为每张照片染色。现在看起来，色彩还是这么鲜活逼真，影青、软翠、暮山紫，仿佛奶奶的笔，还停留在上面，不曾离开。

奶奶一直都在，从没有离开过我们。只是她一直忙着写字，忙着养花，忙着画画，忙着热爱。

她把银白的短发打理成精致的小卷。

她对着镜子抹上鲜艳的口红。

她爱穿自己用缝纫机踏出来的新潮的长裙，再在颈上挂一条珍珠项链。

她走到哪儿，都有人夸奖她气质高雅，说像是上海饭店里走出的大家闺秀，哪怕已年逾古稀。

我说，这是我奶奶，活得轰轰烈烈。

四

奶奶知道我爱写作。

在决意要离开前，她从病榻上翻出一本古旧的册子，郑重地交到我手上。她说，小姑娘要惜光阴，空闲时间，写写她的故事，写写她家的故事。病房里的阳光射进来，光子浮动，奶奶的眼神亮亮的。我翻开册子，是我们的族谱。我一页一页寻找，奶奶的名字小得像一只蚂蚁，还佝偻着腰。

我一直以为奶奶的欣喜与热爱是一片绚烂的花海，铺满乡野。原来只是片春末的花瓣，铺落海面，底下的是海，一片深不见底的苦海。

怀着一种神圣的责任感，我曾把这个家族的故事写成了一个小说，还记得开头是：

房檐上的雨又落了，玉荷花那些如白蝶样的花瓣都垂着。大椿似乎没有看到坐在门槛上看花的小静美，只顾着避雨，就迈进了绿宝照相馆。玉荷花的香气和初夏的雨水被踩在石板地上。

小静美扭过头望着这个不算高大的背影，眼巴巴的，却喊不出一声，爸。或许她心里喊了，但是谁都没能听到。她的目光落到垂着的玉荷花上，希望玉荷花能飞，直接从过去飞到将来，只要掠过现在就好，可是花瓣上的雨一串一串地落着。

奶奶就叫静美，这个叫大椿的人就是她的父亲。

大椿在当时的小城里也算是一个响当当的生意人和手艺人，凭借着留洋时学到的摄影技术，他在鼓楼的城门边，开起了绿宝照相馆，因为技艺精湛，生意红火，名噪一时。听我爸说，抗战时，因为大椿会讲点日文，绿宝照相馆侥幸扛过了日军的洗劫。新中国成立后，私营转国有，照相馆转让给了国家。而大椿，抛弃了糟糠妻女，和二房姨太太过上安逸的新生活。太奶奶积劳又积怨，早早地去了。重担压在了奶奶瘦弱的肩上，又当姐又当妈，含辛茹苦地把两个弟弟拉扯成人。

我见过太爷爷，在一次全家团聚的晚宴上。爸爸拉着我的手，把我扯到一位白眉毛老爷爷跟前，叫我鞠躬喊太爷爷。我记得抬起头看到的是凝固的笑，像天边的月，遥远而生疏。哦，这就是奶奶的爸爸，奶奶也有爸爸。我到处找奶奶，想和她一起坐在太爷爷边上。可是，哪里有她的身影？太爷爷的眼神，像春风一样拂过大厅，却掠过了奶奶和我们。全家福里，太爷爷端坐在中间，奶奶躲在角落，眼神也是冰冷冰冷的。

我以为奶奶的美好，是闺阁里宠溺出来，疼爱出来的。原来，幸运从来没有眷顾过她，她生命的底色，只有死黑和惨白而已。

奶奶平静地看着我，说："没有什么可所谓。"她的回答如此举重若轻，又如此气定神闲，似静观沧海。我突然想起当年丰子恺问决意出家的李叔同，老师何所为而出家乎，李叔同答了三个字：无所为。我知道奶奶早年仅随着家里的男丁旁听过几年私塾，并不很精通文字，但我看到她的眼神里分明也在这样说，过去事已过去了，未来不必预思量，只今便道即今句，梅子熟时栀子香。

人生的空和圆满之间，只是貌合神离。

很想抱抱她，抱抱她瘦弱的病躯。但我错过了，十八岁的女孩认为拥抱矫情。后来我想，一个人如果真的孤独，是根本讲不出口的，或者是不屑于讲出口的。

她说，年轻是一把锋利的匕首，爱恨分明。在那场轰轰烈烈、人人自危的运动里，她带着一帮子红卫兵冲进了她父亲的家，从石板底下，木板墙后头，挖出了金块，掏出了银圆，扬长而去。

再后来，太爷爷病了，倒在床上再难起身。二房一家子好生伺候着。奶奶竟破天荒地每周前去探望。踏进本该属于自己，现在却满是陌生脸庞的家，我很难想象奶奶放下了什么，又捧起了什么；我更难想象这对一直形同陌路的父女，在病榻之前，在最后的生死离别之间，有怎样交织的爱恨。夏天去时，她就带一束玉荷花。

她说，在命运的巨浪面前，人不过是朵无能为力的浪花。

五

听了我的回忆，孩子唏嘘了。每一个人都过得那么不简单。

是的，我们都很清楚，我们所看到的世界和世界本来的样子并不相同。比如初夏，我们才惊喜地感知到栀子花的存在，是因为它们开花了，散发出香味了，而其实，它们一年四季都绿着，它们的根一直从土壤中汲取水分，吸收大量的铁质，以保持蓬勃生长的态势；温带的冬天也有低温的时候，它们就暂时停止生长，所有机能都用以维持一点常绿的念想。我们不能因此认为，栀子花的一生只在初夏。

有些人看上去任性，所以就以为他们是一直受了骄纵。但可能有另一种真相，他们的肆意里不全是自我，而是一肚子辛酸与苦楚，像一把粗糙的锉刀，硬生生地把一颗柔软的心，锉出了层层老茧，变得像铁一般坚硬，冰一般寒冷。

有些人性子平和，我们便羡慕他们的生活素来安逸。但可能有另一种真相，是他们在漫长的孤独里，一直活在回忆中，一直在爱与恨之间搏杀，然后血淋淋地劝慰了自己，谅解了别人。

我们赞叹有些人对生活爱得炽热，总以为他们内心有绵绵不竭的火焰。但可能有另一种真相，是他们历尽劫数，尝遍百味，在处理恐惧的过程中，慢慢培养出了勇气和决心，把鸡零狗碎的生活过得干净而生动起来。

不是等着暴风雨过去，而是在暴风雨中舞蹈。

带着孩子，循着香气，去小区寻玉荷花。小区里有很多花花草草，过了春天，它们大半谢幕。而那一树玉荷花，正散发她最馥郁的芬芳，绽放着她最纯洁的美丽。

这是在用她的方式，默默赠予我们幸福的密码，赠予我们面对生活的机宜。我抬起头，望向我们家的阳台。风车茉莉和凌霄的藤蔓缠绕攀爬，绕着窗口画出一个拱门，春天时飘香，夏日里遮阳。小蔷薇、满天星在下面簇拥，小黄莺常来做客。窗子里，装着我们的山海，我们的天真，我们对诗的贪婪。

我的眼眶有点涩，对孩子说，其实我的奶奶从来都没有离开过我，她一直在陪着我长大。你看，现在的妈妈已经活成了奶奶最好最美的样子。而且，不仅奶奶一直活在妈妈的心里，妈妈还在帮奶奶继续美好地活着。

　　孩子懂了，他想说什么，但很难表达。比如，死亡不过是一场没有终点的接力。比如张晓风说，一切的爱，不就是"同在"的缘分吗？山在。大地在。岁月在。我在。你还要怎样更好的世界？

　　奶奶早就知道，有情的人总会有注定的交集，所以她才走得这么自在。这种情不仅仅是血缘之间的情谊，更是一种互相吸引、心灵契合的情分，像根与土壤，像树与养料，蓝天与大海，飞鸟与游鱼，人与人，冥冥之中互相牵引，走向对方所见的美好。

　　我们的孩子，也会接过我们手中的美好，长成更独特的他。

　　怀念是一种力量。

　　今年的玉荷花，闻上去特别香。

鱼　生

老李说："赚够一万元，就提前退休了。"

二十世纪八十年代末，老李在百货公司跑长途货运，没少赚钱。每趟满车去，空车回，顺路就载些私货回城卖。这一来一回地倒，黄岩的蜜橘、天台的香泡、十里洋场的缎面，堆满了小小的柴房。老李女人吃香喝辣，家里的小金库也噌噌地涨。

听这话，老李女人又急上了："顶梁柱不出去赚钱，钱怎么能生钱？"

对门小张探出头来打圆场："老李跑车辛苦，日夜颠倒，大半辈子折腾下来，是该早点享清福了。"

"什么大半辈子，看他那张脸，这才四十！"老李女人伸出四根手指把老李的年龄晃了又晃，"才四十，正是赚钱的好时候，每天想着不务正业！"

老李挂着背心，套着大裤衩，转过那张晒得鳌黄的圆盆脸冲女人殷勤一笑。脸上的沟坎像江边厚厚的泥，深一道浅一道，拧拢了就化不开。

"老李，那'下海'去，承包线路，给你女儿攒架飞机做嫁妆。"小张说。

"老婆，你听你听，小张要我下海！那我天天下河埠头是对的，河通海啊！"老李拍拍女人的肩膀，灵活得像一根泥鳅，滑进灶房右边的杂物间。"河埠头又叫我去'开会'，夜饭不要等我！"

他背出扎成一筒的五六根钓竿和抄网，用长条的内胎皮当绳，捆在嘉陵摩托车坐垫旁；又背出鼓鼓囊囊的马褡子，里面估摸着塞满了鱼钩、鱼饵、鱼线这些零七碎八的物什，老李装模作样地拍拍后座，掸去浮尘，挂了上去。

"去钓鱼？又去钓鱼！家里的煤饼还没买……"老李女人的怨气，淹没在摩托车突突突的声浪里。

直到弄堂里家家户户的锅碗瓢盆都已摆布停当，老李的摩托车才突突突地回来。王胖垂着肚皮，坐在巷口看人骑自行车。见老李钓鱼回来，扯着沙嗓门喊："老李头，今朝子钓了几根？"

老李蹬腿停车，侧手比画了个"八"。

"八根？"

老李嘿嘿一笑。

王胖看看黑乎乎的塑料鱼篓子："八斤？"

老李摇摇头。

"赛气，闷声大发财！"王胖等急。

老李叹了口气，说："天色好，水色好，就是今朝老太婆的脸色不好。八寸一条解解闷，你要，拿去！我早点回家陪老婆。"

　　王胖就等他这句话，拍拍肚皮，从鱼篓里乐呵呵地拎出鱼，回墙门去了。

　　老李的一万元，小半年就存到了。女人揣着厚厚一叠钱，跑进信用社存了进去，把有奖贴息赠送的一根亮闪闪的鸡心项链挂在胸口。这是万元户的标志。

　　老李许下的誓言却迟迟没有兑现。

　　直到存足四十万元的时候，下岗潮卷席全国，车队要兼并减员了。

　　他不下岗谁下岗，老李这位安全行驶了二十年的老司机，带头在大会上表了态。

　　领着微薄的失业补偿金，老李变成了真正的老李。

　　脸晒得一天比一天红，女人骂得一天比一天凶，可遂了愿的老李每日起早贪黑钓鱼，日子过得比出车还忙。不仅如此，连陪女人出趟门，也尽挑有河的小路走；去幼儿园接送孙子，还要开着电瓶车到附近的河边兜一圈。

　　没闲下来的时候。

　　夜里也加班。女人散步回来，准看见老李在客厅摆道场。当天用过的竿、线、漂、轮、钩、坠，拿出来一一检查。再绑几副钓钩，备几套线组，还得准备新鲜的饵料。小孙子最喜欢和爷爷一起准备饵料。活饵蚯蚓，就养在花盆里，叫小孙子掏出十来根，和上一把黑泥装进小方盒子，备而不用。

　　这几年，城区河道里的鲫鱼越来越少了，钓拐子和混子（指鲤鱼和草鱼）还得备好窝子料。窝子料的做法就考究了。绿釉的小磨肉机架好，老李转着手把，把玉米粒格拉格拉地磨成小碎，放进锅里，小火翻炒。待玉米香扑面，再在碎粒里洒层面粉，打上两个鸡蛋。看着看着，小孙子的口水就吧嗒吧嗒流了下来。

不急，老李拧开自酿的三蛇酒，仰起脖子，眯起眼睛小抿一口。"好酒，值了！"老李往嘴里倒了一大口，噘起嘴巴徐徐一喷，酒液化作一团轻盈的雾，弥弥散散地铺开来，许久才恍恍惚惚落下。这时，小屋子里腾起浓烈的酒香，与松脆的玉米香缠绕在一起，孙子被酒气醺醉了，小脸蛋涨得红红的。

第二天，小孙子醒来，老李正提着鱼篓进家门。

"爷爷，今天钓了些什么好玩的呀？"

"都是你喜欢的！"老李放下鱼篓。

小孙子探头一看，河虾七八只，泥鳅三四尾，还有一只大龙虾。他高兴地搅着网兜，把河虾、泥鳅一条一条捞起，丢进大鱼缸。鱼缸里的水被搅浑了，胖胖的红龙睛、黑龙睛和泥鳅一起，吓得直兜圈；河虾吓得一只只弹出水，小孙子看乐了。

"下岗的补偿金都拿去喂鱼了，你倒是每天钓几条鱼回来看看！"老李女人看着一地溅出的水，丢给他一块抹布，没好气地说："以前开车，每天想着钓鱼，现在专职钓鱼，没见你钓几条鱼来，到老都没务过正业！"

老李披着沾满泥巴的青布长衫，乐呵呵地看着小孙子，说："你看看，现在谁家小孩是玩这些长大的？"

"妈，别说爸了。每天去户外锻炼身体，比搓麻将、炒股票总好。"

老李女人接过抹布，蹲下来抹起水来。

"奶奶，我告诉你，爷爷在河边有很多朋友。"小孙子认真地说："桥洞底下睡觉的阿贵叔叔和拐腿叔叔，都很有趣的，还有三只流浪猫天天来找爷爷，叫大咪咪、小咪咪，还有阿黄，爷爷把钓来的鱼都送给他们了。"

"好了好了，在外面养'小三'就算了，还帮人修车，捉老鼠，跳到水里摸手机，都是白忙，瞎忙，空忙！"女人气呼呼地转身，进厨房去了。

"爸，小区要办业主钓鱼大赛，我帮你报名了！"女儿挥了挥手机，说："咱家钓鱼老爸发光的时候到了！"

"不去，不去，河塘里的鱼被我钓光了怎么办，去看看就好。"

是日，秋高气爽。小区里二十来号钓鱼爱好者，偕老带幼，把十来亩的大鱼塘围了个满满当当。老李拗不过女儿，也去了。他一到鱼塘，环顾了一圈，就提着一根魁拔竿，径直往大坝一角走去。女人拎了个鱼篓子，跟在后头。

下风口，树遮凉，好钓位，老李一边吆喝着，一边从鱼篓子里面拿出一个密封袋，掏出三四团窝料，瞅准五六米开外的深水丢去。

不一会儿，粼粼的塘面底下腾起几串大大小小的泡泡来。老李对着咕嘟咕嘟冒着的气泡说："你们黑坑里待着，什么好吃的没吃过，今天再让你们尝尝三蛇酒，开开荤。"

"又不是请你做义务饲养员，看你今天能钓几根。"女人一脸严肃。

　　老李当作没听见，不徐不疾开饵、支竿、调漂。准备妥当，一边的面饵醒得差不多了。他娴熟地搓饵装钩，提竿轻抛，钩稳稳落入水中。

　　"黑漂！"老李惊呼。

　　女人伸长脖子直直往漂那儿瞅，见一串鱼漂猛地被扯进水底，鱼线簌地拉紧了。

　　老李握紧鱼竿。

　　鱼线突然变向，向左边拽去。

　　大鱼咬线！老李顺着鱼游去的方向，不慌不忙给线。

　　鱼似乎感到了性命攸关，拼足更大的力气向右边蹿。水面划起层层涟漪。老李慢慢调紧了曳力钮。鱼竿子跟弓似的弯了起来，嗡嗡直颤，鱼线像琴弦似的绷紧了，铮铮作响，绕线轮像耗子似的，吱吱叫唤。

　　女人的心提到了嗓子眼："提啊，你倒是提竿啊！"

　　周围的人也都放下钓竿，聚拢过来看老李遛鱼。突然，水中的鱼一个打挺，翻过身来，一排金黄的大鳞片滑出水面，向左边蹿去。好家伙，是条鲤鱼精，足足一个手臂长，估摸着有十多斤！人群一阵骚动。

　　老李趁鱼变向，迅速收线。鱼身只能贴水面"蹚水"。借不到水力，鱼的锐气少了一大半，拼力空扑腾。老李一边收线，一边提竿打方向，把鱼往岸边牵。鱼拼上最后的力气挣扎，尾巴死命拍打水面，腾起阵阵浪花，比铜钱还要大几圈的鱼嘴贴着水面大张大合，眼看要把鱼钩扯直了。

　　老李四下一看，抄网被小王借去了。旋即，他一手握竿，一手掰开腰上的皮带，女人一声惊呼，老李已蹬腿跳入齐腰深的塘滩，一把扣住了肥鱼。鱼在他怀里扑腾，像个哭闹的婴儿。定了定神，老李唰一下抽出腰间的皮带，从鱼的鳃里穿进，嘴巴里穿出，打了个活扣，然后轻松地提着鱼，爬上岸来。

人群看呆了，许久才反应过来，一边赏鱼赞叹老李的神勇，一边指着老李湿答答的花裤衩笑。

但是，老李还是没能评上这次钓鱼大赛的鱼王奖。老李女人很不服气，凭什么只论总重量，而不看单条鱼的重量？她回头看看老李乐呵呵的样子，又把他数落了一顿。为什么把三蛇酒窝料送给了小年轻？为什么后来跑去指点对门的阿国师傅、小区门口开杂货店的小陈兄弟？连不认识的也教？

最后，物业公司只颁给了老李一张奖状，上面写着：

最佳指导奖。

疫情来了，小区封闭。

开春转暖，小区中央的景观池围了圈小孩，拿着树棍子、竹竿子、塑料杆做的各式鱼竿，专心致志地钓红龙睛、黑龙睛。

"这鱼哪儿来的？"阿国师傅问保安。

"老李放的。"

"老李？"

"对啊，就是那个成天被老婆骂不务正业的老李。你看，蹲在草丛里钓金鱼呢。"

年　味

掰着指头盼腊八，为的就是喝上一碗又甜又糯的八宝粥。

腊月二十三，搬把小凳等奶奶，等的就是那又甜又脆的祭灶果。

小巷子里穿龙门，谁家有糖香？隔壁张伯伯家做麻糖。大米、花生和枣子炒一炒，浇上砂糖熬的浆，直等到切成方块再讨来，满嘴香。

鼓楼下的公园路，两溜儿小贩排长队。一角钱换来三颗粽子糖，还要扯着父亲去敲三块麦芽糖。

可还不够甜。

宁波人自家做的汤圆最甜。

要做出又白又糯、又香又甜的汤圆，要花不少工夫。

过了腊八，母亲就把上好的糯米浸泡在水中。童年的我忙着洗米，给妈妈帮倒忙。江南的孩子没看见几次雪，对雪白的事物总有一种莫名的喜爱。

水影绰绰。眼巴巴地等啊等，催它们快些浸软。我学着大人的样子，一次次把手伸到桶里，捞出一小撮糯米，三个手指头轻轻碾。好不容易等到米粒化为白花花的粉液流下来，我便欢天喜地跑去告诉父亲，快去磨糯米粉，好像年已经提前到了。

石磨架在外婆的老宅子里，那是一处极为古典的木结构老宅子，在开明街天封塔下的放丝巷。"天封塔十八格"，这座建于唐"天册万岁"和"万岁登封"年间的古塔，装着宁波孩子的童年。听长辈说，天封塔顶住着一只"定风蛛"，每月十五月圆之夜，这只蜘蛛在拜月之后，会吐一根又细又长的丝，挂到塔脚下的巷子里，来放丝巷寻觅食物。

细细的放丝巷里，就只有一个大宅子。墙是青砖码的，门是木头雕的。檐下一块匾额，书有两个正楷大字：姚宅。这便是外婆的家。进了大门，别有洞天：正厅、天井、东厢、西厢，布局错落有致；前明堂、后明堂、前花园、后花园，四时轮回，花开不谢；红得发乌的梁椽卯榫，散发着沉郁的木香。

外婆常在前明堂摆出瓜果祭拜这只大蜘蛛，过年的时候，就摆一大盘汤圆。

那个大石磨就静静地守在灶房边上。母亲摇着手把子，把雪白的糯米倒进磨中间的小孔里，白花花的糯米水就从石缝流到凹槽，滑到桶中。一群孩子围在旁边叽叽咕咕地嚷着，只能看，不能吃，童年是没有耐心的。不消一会儿，我们就觉得无聊，跑到后花园里放小炮去了。

后来，老宅子拆了，家安在了江东。那时的江东，除了兴宁路算作城里最宽敞最豪华的马路外，还都是一派田园风光，甬港南路以东全是稻田，葱葱茏茏，阡陌相交。我与父亲常在那片水泽钓鱼捉泥鳅。母亲在阳台上一声高喊：回家吃饭！穿着大胶鞋踢踢踏踏的我才跟着父亲，提着鱼篓，恋恋不舍地回家。

过年了，一大家子到新房来相聚，照例要吃上正宗的宁波汤圆，磨糯米，裹猪油馅，做汤圆，还得按着宁波老底子的来。

父亲推着自行车，后座上"坐"的是装满糯米的大铅桶，母亲则在一旁小心翼翼地扶着，我只能边跑边跟。三人有说有笑地去磨糯米，颠簸着走了好多路，才到了江东老水产公司边的一个小磨坊。

那儿早已没有石磨，磨糯米的都是铁家伙。把糯米往高高的铁漏斗里一倒，两条长铁磨片轻轻呀吧呀吧，糯米水就像宽瀑布似的挂下来，汇聚到铁槽，像醇厚的牛奶。它吞云吐雾一般不知疲倦地工作，让看惯了石磨的我目瞪口呆。

到家后，母亲把磨好的这一铅桶糯米水，放在阴凉的地方沉淀。每天我都要跑去偷看好几次，看着里面的糯米粉慢慢地与水分离、沉淀下来，口水也慢慢地流了出来。

母亲还做了几个厚厚的棉纱袋，把沉淀下来的糯米粉舀到袋子里，挂在厨房的窗门上，沥干多余的水。远远看去，就像个日本动画片里的"风信子"。听母亲说，这时候千万不能让袋子吹到南风，如果吹到了南风，糯米粉就会变红，不白不透了。这一切奇妙极了。

接下来，父母一起做猪油芝麻馅子。一想到糯糯的白皮里淌出乌黑油亮的甜馅子，我的心已经飞到勺子上了。母亲在炒黑芝麻。竖起耳朵听，它们在锅里说着悄悄话，噼噼啪啪的，一张张小嘴一张开，酥松的芝麻香就飘了出来。我愈加兴奋，仿佛闻到了年越来越近的味道。父亲把猪皮和猪油切成小块，把磨肉机绞在桌板上，一切就算准备齐全。二十世纪末，磨肉机是家家户户必备的机器：它是改装了的简易铁磨，绿色套釉。我把两块猪油、一勺芝麻舀进漏斗口里，爸爸摇动手柄，两片铁磨哼哧哼哧地磨合起来，吐出一团黑亮亮的猪油馅子，香气定格在了我的童年里。母亲洗净手，把磨好的馅子和糖揉在一起，压成一个个手掌大的圆饼，叠在搪瓷小锅里。一切准备就绪了。

年到了，小小的房子，塞进两大桌子的人，乌压压一片。母亲捧出糯米粉和猪油馅子，裹起汤圆来。在她灵巧的手中，汤圆一个个玲珑剔透，煮起来晶莹透亮。而我包的小汤圆呢，长了好多麻子，一下锅就开始划船，馅子全跑到清清的汤里。母亲总会捏着小脸嗔怪："你呀，裹了一大堆'撑船汤圆'！"

汤圆刚搬上来，姑嫂哥姐几个就一呼啦站起，争先恐后地抢。把汤圆舀到景德镇清透的勺子上，细细赏着，细密的氤氲里，它们是那样水盈、温润、光洁、透亮，像瓷又像玉。大家伙儿齐齐说声赞，就一口半个，看它汩汩流出猪油馅子来，才整个吞下去。整个屋子，溢满了汤圆甜糯的香气和大家开怀的笑语。

过年那浓浓的味道，一直是浓得化不开的汤圆甜。这甜里，裹着老家沉沉的木头香，裹着石磨转动时溢出的糯米香，裹着厨房里荡漾的芝麻香。也或许，是父母之间一个会心的微笑，是亲朋之间一次热络的聚会，让这甜化到了孩提时代的我的心里。

那曾经满载我多少期盼的年啊，现在却已经一去不返。

取而代之的，是把年味里甜的味道带给长辈和孩子们，比如置办一堆的年货，给老老小小转去叮当响的红包，带孩子们去放一场烟花。年曾经给我带来过数不尽的甜蜜，年复一年，把我养成一个外糯里甜的大汤圆，一个蜜罐，是该在不再依赖汤圆的新年里，把我身上的甜蜜送给亲朋了。这或许就是我，在这文化的长河里肩负起的责任。是年真正的意味吧！

人生看得几清明

孩提时的清明，总是无雨也无风。

五更随长辈去扫墓。仰头，夜还在，星空是一床绣满苔花的缎面被；低头紧赶两步，青石板上深深浅浅的，还留有三更的月时光。

航船码头在西门板桥边。宁波老话说，买房要买东乡，人走以后，要葬去西乡。清明一到，城里人都往西门外赶。西门外，是漫无边际的稻田和原野，静静的西塘河在散落的村落中穿行，像一条风筝的细线，把一个个对故人深情的思念，送去他们所要去祭奠的那个山头。

童年对清明懵懵懂懂的记忆，停留在了那条窄窄的西塘河上。

嘈杂的人群潮水般一浪一浪地涌过去，挑着担的，拎着物什的，统统都拥在一起，挤向几个长长的河埠头。孩子分不清是谁的裤管，只管边走边睡，没会儿，身子一轻，就被抱到了船上。

打头的是拖船，船尾安着马达，突突地开了，后边两条拴着的船也摇摇晃晃地起航。船上的老婶子凑过来挨个收船票，一角两分一人。一船能坐二十来人，船中还有草篾编的没涂上漆的船篷，大人们喜欢挤在篷里，小孩总想坐到船头。

坐在船头，看静静的西塘河。西塘河的眉眼弯弯的，它望着甘蓝明澈的天，望着随它而行的那片浮动的云，再慢慢滑过云尾的流丝，落到河岸边的古槐上，古槐油黑的枝条上钻出嫩绿的芽尖，飘入它的眼眸，与梨花花瓣一起一圈圈地漾开去。小燕啾啾叫着，引在船头，穿过西灵桥，停在了远处河中央的小白塔上。仔细看看，小白塔底下的鲤鱼精还在作妖吗？水里银亮的棚鱼簌地滑过，高桥圆圆的桥洞中抚来温润的风。

我们给祖先送去新鲜的蔬果，醇香的黄酒，袅袅的香。返程，船头满载着嫣红姹紫的木桨花。

一直天真地以为，清明就是西塘河上这般人间四月天的气清景明，没有滚烫的泪，没有哀泣的幡，没有烟雨中的石碑。

后来，外婆走进了清明，奶奶也走进了清明。

每次上山，一手触摸着春天的芳菲，心头却压上了生离与死别的残痛。她们冷冷的碑，与漫山遍野立着的碑，都是如此相似，只有红的与黑的字。可谁又会知道，一个碑后是嫁错郎的上海闺秀，不懂生计而饱受责难的一生；一个碑后是满头银发，但仍缝制旗袍，绣上玉荷花而暗香浮动的韶华人生。碑上，没有一句她们想要留给儿孙的话。

在生的这头，直直地望向死的那端。清明，凝固成了眼泪、仪式与一场拷问。活着，就是一步步走向死去，生与死这对反义词被同时放到了手心上。

向死而生中，清明这两字，便再也回不去了。烟雨蒙蒙的西塘河从此装载了太多的彷徨与畏惧、爱恋与珍惜、责任与重担。

苏东坡说，惆怅东栏一株雪，人生看得几清明。尘世纷扰，如东栏梨花那般自清、透彻的，又有几人？疫病的风雨里，有些人特别畏惧死亡，他们蒙上自己的眼睛，他们捂上自己的耳朵，却又一手抹去别人的病痛，一手掩住别人的悲伤，还封住别人的嘴，再扯来天边的彩霞，散布些清新的风云，以为这就是清明了。烈性的人和清白的人看得清清楚楚，明明白白。

走过春天，看到的清明是气清景明；阅历过生死，才知晓清明是向死而生；经历过灾难，才领悟到清明的另一重含义——慎终追远。词典上这样解释：能在做事前，想想此事的动机和初衷，并且能想到这样做的后果，那么民风就能厚淳，自然能培育出忠厚老实的百姓。介子推在临终前，衣襟上不是留有一首诗吗？前两句是："割肉奉君尽丹心，但愿主公常清明。"

早些年去武汉送走了大伯。大伯的骨灰被安放在了自家不大的后院里，大妈在旁边种上了一株樱花树。很多武汉人老底子风俗不像我们这儿，殁了，就从医院拉去殡仪馆，从殡仪馆送去山上。他们是很舍不得亲人走的，是要把亲人留在自己身边的。院子里住得下的，就住院子，院子里住不下的，就住到自己的田里，天晓明时去看看，夜清黑前再去唠唠。所幸大伯没有赶上这场突如其来的疫病。

人生看得几清明？三次回眸，恍若隔世。千年前的东坡凭栏惆怅，却并不哀戚，如他所言，直面所有苦难，更得清明。

两张照片

　　一个人走向大河边，一条船从对面的芦苇丛中荡出，桨声欸乃，游凫未惊。

　　浑黄的太阳正在西沉，大团大团的苇花舒展柔情，抚弄晚风。河面蓝得沉郁。一位白衣男生站在船头远眺，夕阳勾勒出他俊朗的身形。

　　站在岸边，她注视着取景框，按下了快门。

　　放下相机，风正从对岸的天际缓缓拂来，带着远山泥土的气息，带来落日橙黄的光辉，以及苇花淡紫色的烟雾，轻轻拂过河面，拂过小船，卷起无数条金色的丝线后，抵达了她。她摘下帽子，闭上眼睛，让风从容地经过她光洁的脸颊，睫毛与耳畔，再轻轻滑过她细细的发梢。身边，比她还高的苇丛唱着歌谣。

　　她已经很久没有这样与晚风独处了，多亏表姐提议邀她到郊外这片湿地公园游玩。

　　许久，她睁开眼。船上的白衣少年已回过身，正端相机对着她拍照。

她笑了笑，不好意思地摆摆手。

他扬了扬相机，也与她挥挥手，似乎是得到了一张满意的照片。

苇花满天。

天色不早，她担心表姐寻不着人，急急回去了。

到约定的集合地，表姐正坐在大树下与贩卖山货的老人攀谈。见她来了，也不急离开，往她手里塞了几颗生栗子，继续唠嗑。

野栗子脆生生的，带着甜味。她想起了刚才的夕阳与晚风，打开相机翻找起岸边拍的照片。

她欣喜地笑了。一切都刚刚好，夕阳不沉，苇花写意，河面开阔，小船的驶入为画面带来了动感。船上男生的白色衬衣在风里扬起，闪着金黄的光芒，巧妙地成为照片的锚点。

"巧，又在这遇上了！"耳边传来爽朗的笑声。

她抬起头，迎着淡淡的夕阳，不好意思地笑了："原来是你呀。"

"无巧不成书，又遇上了！"表姐接过话茬，笑得很灿烂，"再谢谢你刚才帮我倒车。来，热心的小伙子，吃颗栗子，野生的！"

这么一提醒，她想起船上的男生，原在景区门口就已见过。当时她急着去买门票，并未多留意，真是有缘。

"对了，刚才看到你站在岸边……"小伙子看着她，不好意思地拍了拍相机包，"真美！给你拍了一张照片，要看看吗？"

"要，要！"表姐接过他的相机一阵惊呼，"小伙子，你这拍照技术不像是新学的！"

她偷偷瞄了一眼那张照片，湛蓝的天，碧蓝的水，黄鹅绒般的苇丛边，是她小小的，明亮的身影，夕阳画出她柔美的曲线，头发在风里扬起。

她拢了拢头发，把手摆到自己相机的屏幕上，羞涩地笑了。

"来，加个微信，回去把照片传给我妹妹。"姐姐热心地说。

两年后，他们走进了婚礼殿堂。这两张照片被印在了一幅巨大的背景墙上，在鲜花和灯光的簇拥里融为一体。

宾客们都说，夕阳原来这么浪漫。

表姐端着酒杯四处感叹，给现在的孩子——不——文艺青年安排一场相亲，真是不容易！

现代文明启示录

暴雨过后，洪水逐渐退去。

家门口的沿街店铺都关门歇业了。

杜强和许多人一样，在小区门口举着手机，等着共享单车的网络开锁指令通过。但他尝试了几次就放弃了。

他的车被泡在一个涵洞下面，网约车全部暂停了营运。

他走了四五里路，看到七里河边的生鲜便利超市还开着。那些无法冷藏的鱼肉河鲜、鲜奶蛋糕，一律打折，摊在店门外，即便是看上去不太新鲜，也围了不少顾客，老板还是一脸发愁。

从店铺里走出一个中年人，拎着一袋洋葱和一袋土豆。老板用手一提，十五元，付现金。

中年人划了划手机，屏幕是暗的。又从裤袋里掏出一串钥匙、一张门禁卡、一包香烟看了看，把那包烟递给了老板。

老板尴尬地笑了笑，皱纹裂开的脸像一个憨厚的南瓜。他挥挥手让中年人走了。

杜强和许多人一样，来到银行自动柜员机想取些现金。柜员机前一样围满了自嘲的人。杜强转身匆匆回家，他记起了女儿的床头柜里还有几张没有用过的压岁钱。

那些不知名的草都被洪水剥去，树倒栽着。邻里们聚在高楼下话家常，摇着各种扇。是那些在灾难中猝然逝去的素不相识的死者，和那些在城市的惊涛骇浪中侥幸获救的生者，让他们成为最亲近的陌生人。

之前因为空调冷凝水的问题，杜强和楼下几户人家产生了些嫌隙。但是他看到几家孩子在退却的水中嬉玩，脚下溅起的泥花，重落回水洼里，就抬起头，和几位打了声招呼。大家的目光也像他一样，并非一直咄咄逼人。

见着他空手回来，邻居小王把一袋青菜塞到他手里。

天只不过偶尔淘气了一下，一种秩序就被轻松击垮。但杜强意识到一种又一种秩序的建立以及垮塌其实并不让人觉得可怕，因为每个人心底里都有一种叫人道的秩序。

今夜，潮湿的被褥上，多少人在黑暗里相拥无眠，又将升起多少关于明天的梦。

无　尘（小说）

一

接到那封信后，我就没再回过学院，也没和任何人联系。

我把自己关在灵山的画室里。

不同于北方山脉的厚重与苍茫，灵山有一种江南独有的秀气。起伏的山脊在湛蓝的天空轻快地流动，山中重重的竹影与拂过叶隙变得清绿的夏风，以及石缝里悠然而出的淙淙山泉，总能让我置身于夏日之外。可惜我没有这个雅兴汲泉泡茶，也得不到片刻的安宁投入到创作之中。

十天前，我的电子信箱里收到了一封来自格林纳达的国际邮件。

那天正是早饭时间，我放下手上咬了半口的面包，忐忑地点开了它。信很短，我仔仔细细读了三遍。信里要求我赔偿作品版权费两千五百万美元，不然就在画展当日，将我抄袭作品的事实公之于众。落款是我心里永远都不会忘记的名字，马斯蒂·托列。全身的血液江河似的奔涌到心脏，我恶狠狠地盯着那一个代表耻辱的词语，防止它像一把飞来的利刃，刺进我的眼球。

咖啡被我一股脑儿地倒进了胃里，我感觉到胃像喝了烧酒般一阵阵地疼挛。《怪鸟》《囚禁》《沙漠》……曾经引以为傲的作品雪花似的浮现在我的眼前。哦，不，这次即将展出的作品《认知》，都是这些语言的无序组拼，它们是我创造的生命，绝不是什么抄袭！我的愤怒像烧红的熔岩，在火山口沸腾。

而且，两千五百万美元？短短十天里，即便能够凑上，也会被银监会盯上。我努力镇静下来，仔细梳理其中的信息。对于我目前在艺术品市场的地位来说，这并不是一个两难的选择，我能做出的选择都是死路。显然对手是有备而来。而最先知道这个事实的……绝不会是马斯蒂·托列本人！直觉一闪而过，难道是，林洁？

早饭索然无味。我走出画室，沿灵山小径踱步，焦躁不安地寻找对策。翻过后山时，忽然听到了几下疏落的钟声，我循声而去。

随着山路的迂回深入，道边的橡树、栎树渐渐高大起来，松脂和苔藓的气味也越来越重。就这样又走了一刻许，我看到一座山门，山门绿蔓缠绕，两旁苍松夹道，梵音袅袅。灵山里竟然还有这样清净的地方。拾级而上，见不远处依稀有四座八角五级石塔，苍松的掩映下还有一座朱红大殿。

走了这许路，还未见一个僧人，不免有些奇怪。移步进了大殿。室内很昏暗，经幡垂挂着。跪拜在释迦牟尼像下，我闭上眼睛，默默祈祷能和顺地避过风波。

恍惚间，那些光荣与瞩目如云般从眼前划过，甚至童年时代与父亲在沙地里信手涂画的场景也随之浮现。不过，那个改变人生轨迹的夏天，二十年前的一个夏天，却如此清晰地定格在我眼前，挥之不去。

棕榈树枝叶的线条与入暮时天际的云色，总能给人不一样的灵感。那时的我还是美院一个普通的助教，为了准备岗位晋升，我绞尽脑汁地寻找创作素材。在委内瑞拉的孤独旅行中，偶然见到了马斯蒂·托列的作品，它们挂在安赫尔瀑布景区外的一家餐饮店中。

当时，一进入这家餐馆，我就被墙面上那一组强烈符号化的作品吸引了：沙滩上没有消失的文字，血管一样狰狞的树杈，监牢中困顿的囚犯，两三团凝固的血液……十多个毫无关联的意象被整齐地拼接在每幅画中，配合明黄、水蓝、鲜红、亚灰几个色块的交错，透出强烈的怪诞与不安。对，其中，还有一只怪鸟，用炭笔勾成，梗着脖子扑棱着翅膀，用眼白直勾勾地盯着我。

我感到浑身一震，呼吸也通畅起来。这不就是我的迷茫吗？在马斯蒂·托列的画里，我看到了在艺术创作道路上，不断地因为现实而割裂自己，痛不欲生的自己。

没想到这一组作品竟出自一个普通匠人之手，我赶紧向店主询问画家的情况，得知他常年居住在一个叫格林纳达的岛国上，就在东加勒比海向风群岛的最南端。每年，他都驾着船送来一些木刻工艺品寄卖，画只是作为附赠。我的内心泛起一阵窃喜，当即表示这些画非常适合挂在我的办公室，于是向老板用四十美元买下了店里的四幅画，并以相同的价格，带走了周边几家店铺中所有马斯蒂·托列的画作。

我清晰地记得，画面上每个笔触在我的指上留下的那种生命的气息，哪些是咆哮的、死寂的，哪些是焦躁的、隐忍的。这与当时国内的作品有太多不同了，教条式的构图方式，千篇一律的色调，偶有雨后峥嵘的景象出现，也有一种极其渴望被市场认可，屈意迎合的懦弱。那时的我，燃烧着燎原的激情，我要用中国化的方式，来一一阐现那些概念化的意象，来表现现世生活中每个个体的独立存在。

这难道错了吗？

睁开眼，仰头望着端坐的佛祖，我捉摸不透他的眼神，是同情，抑或是戏谑？我看到供案上摆着一个签筒，筒里插着十几根竹签条，就上前取过签筒，开始诚心祈求。每一次遇到波折，我都会去寺庙里求一根签来预知凶险，它们能让我读懂佛陀眼神中的深意。

一签滑落，我拾起端详，签上正反刻的蝇头小楷，细细读来是：

四十年来一梦中，白头今日我何功。六根念断五根时，无尘境里了虚空。

还来不及唏嘘，忽听殿外雷声隆隆。抬头看天，估摸着大雨即至，就放好签筒，匆匆寻原途返回。赶回画室，已经被雨淋得精透，浑身又湿又冷，擦干就倒头睡去了。

在鸟儿熟悉的啼啭声中，我朦朦胧胧地醒来，却发现自己似乎还在梦境里，身体好像是躺在了一片浩渺的水中央。水中没有寒意，水波也没有起伏，我就那样静静地漂着，如同一只枯舟。

水把我与周围的世界远远地隔开了。睁开眼睛，又闭上，以为眨眼就会有熟悉的光亮进入，可总是罩着厚厚一层黑暗。这是幻觉吗？我坐起身，挥动手臂，想扯破噩梦的蛛丝，却像划过水痕，没有泛起任何感觉的波澜，甚至是左手碰到右手。惊恐万分的我大口大口地呼吸，嗓门里嘶哑的啊啊声能够真切地听到，却丝毫感觉不到空气从鼻腔、口腔出入地流动。

我疯似的跳下床，撞到了什么东西，重重地跌倒在地上，又踉踉跄跄地站起来。只有玻璃瓶、桌子、椅子传来刺耳的尖叫，除此之外，我似乎证明不了自己的存在。

赶紧躺回床上，又睡过去，以为能从梦里醒来。可一切照旧，除了听觉，我失去了所有的感觉。瞪着眼睛的我像一具死尸，万念俱灰地躺在床上。

不知过了多久。

二

接到叶方膺的电话，我犹豫了很久。最终，还是决定去一趟。

他的画室隐在城郊的灵山山坳。月影沉沉，今夜迂回的山路，似乎更为静谧。熟悉的竹林氤氲着蓝紫色的雾气，在零星几盏橘色的路灯下幽幽地飘着，溪涧的水在流，却和雾气一样杳然无声。

沿着溪涧行了半个小时，车缓缓地靠在了路边。我换上运动鞋，从车里下来，沿平缓的石阶穿过一片竹林。竹林尽头的高墙里，有一栋由农舍改建而成的砖木结构的老宅子，向阳的一面墙被推倒，镶上了深灰色的落地玻璃窗。

已经一个星期没见他了。

画室的灯暗着，我推开厚重的门板。淡淡的月光透过林梢，穿过落地玻璃，影影绰绰地洒在房间正中的大画桌上。画桌上，凌乱地叠着许多书，笔四散着，画板靠在桌子的阴影里。空气里，除了往常惯有的松节油味和墨味外，似乎还有一团沉沉的腥味。

"老叶！"我听到自己的声音在四方的寂静中传回时，多了一丝颤抖。我定了定神，又轻轻地唤了几声。

只有竹影的摇曳。我摸索着去按开关，碰倒了一根靠在墙上的木棍。

"你终于来了！"黑暗里，叶方膺的声音显得极为憔悴。

"明天就要试展了，你为什么一直不出现？你的那些画……"我小心翼翼地绕过一把高脚椅，走到画桌边。

"你别过来！"他的声音像是从喉结深处翻滚出来的石头。

循着声音，我在墙角看到了缩成一团的黑影："你，怎么了？"

黑影无力地抬起头，猛地捏紧拳头砸向墙壁，发出沉闷的一声怒吼。什么液体从手背上流了下来，月光下亮亮的。

看清了，角落里叶方膺的身体在不受控制地抽搐，脸痛苦地扭曲着。我惊诧地跑过去，蹲下来抚摸他似乎因外力挤压而弓得很弯的脊背，却被他一把扯过头发，抓住后脑勺，狠狠地按向他的脸孔。

"是你干的吗?"黑暗中,是叶方膺咬牙切齿地质问。他炙热的嘴唇在我的脸上急迫地寻找答案,可还没等我反应过来,一股钻心的痛就从下唇传来。他在我的嘴唇上狠狠地咬了一口,舌尖传来一股咸咸的血腥味,火辣辣的。

我挣扎着想要站起来:"你说什么!"

"我知道是你,只有你知道画室的暗房在哪里。"叶方膺一把把我推开。

我踉跄着倒退了几步,转身朝门边跑去,打开了画室的灯。

突如其来的光亮让我下意识地用手挡住了眼睛,适应了两三秒后,才慢慢睁开。画室里一片狼藉,画桌上的书本、画笔,食品包装袋,方才他蜷身的黑暗角落,都是猩红色的血痕。

衣衫不整的叶方膺渗着血的手,扶着墙壁,摸索着去找什么东西。墙上又留下一道断断续续的血痕。

"洁,你看……我病了,前几天淋了场雨,醒来后,我就看不见了,"他自嘲地笑了笑,手臂只在空中挥了几下,身体就重心不稳歪倒在墙上,"而且,可以说,丧失了所有的感觉,就像刚才,我感觉不到你的体温,和,你的吻。"

"所以,求求你放过我……"叶方膺在空气里恳求,"这些年,我给你的,还不够吗?"

我呆呆地看着他,这几年来,他眉宇间那种纯澈和执着,已经淹没在浩瀚的欲望中了。我用手抹去刚刚嘴角产生的血痕,走到他身边,把他抱在自己小小的怀里。

"你看,我都没感觉到疼痛。"他抓起我的手,在他的脸上狠狠扇了一巴掌。清脆的一声响,仿佛杯子破裂的声音。我的手又麻又痛，他的脸上显出一个清晰的红色手印。

　　我望着那扇暗房的门，它隐没在一处白墙里，外面被巨大的画布遮挡起来。我知道那里有他的《怪鸟》《沙漠》《认知》《囚禁》……可画下的署名不是他，是一个叫马斯蒂·托列的人。这让我所有的崇拜和奉献，都变成了雨中的风沙。

　　"你不是不知道，我们这个圈子从来都是这样……你喜欢的提香，他画的维纳斯与乔里乔内的维纳斯相差了多少？安迪的尖叫与蒙克的呐喊是不是发出了雷同的叫嚣？毕加索也不是从非洲搬运来的灵感？更何况，更何况这是在国内……这本就是个眼花缭乱的雷同时代。"

　　他的话让我想起了那幅——《怪鸟》——印在《中国绘画研究》封面上的作品。鸟头这么小，鸟身像一团刚从地里挖出的番薯，两条鸟腿直直地垂着，那只鸟眼，鄙夷地挂在右眼角外，像是欠缺手腕控制力的三岁孩童，极力想点出鸟的神采，落笔却偏移了位置。真不敢相信这样的画起拍价竟然高达八位数。

　　但我承认，我曾经是被原作震撼到过。这只鸟画在五米乘五米的画布上，竟然是由墨线在粗糙的布面上一笔一笔勾点出来，而且每一笔走向、力度、长短、粗细各不相同，又有蓬勃统一之势。

　　叶方膺曾经对我说，成年人心中那些繁复的世俗，和他们渴望的童真之间永远有时间的距离，就像是观原作前与观原作后的距离。他的这种表达，就是为了引发读者对时间以及距离的思考，产生与自我的对撞。

　　我曾一度认为他代表的就是艺术至高的真理，还幸福地生活在他编织的艺术观中。没想到，他也仅仅是普通工厂流水线上的一名加工人员罢了。我却为他，献上了我的所有。

"林洁，在这个社会里，你以为独立创作能走多远？别傻了，你迟早会变成第二个我！"他恶狠狠地诅咒。

"对不起，老叶，不是我。"我冷冷地说，"不过现在，我可以带你去医院。"

他拒绝了。

三

她走了，为了明天的画展顺利开幕。但我听到她的脚步声，像一只惊恐的小鹿，往幽深的丛林里逃去；或者，像只猎豹，悄无声息地离开，为了最后一次捕猎做好充足的准备。我留在这个丛林小屋里，四周围是数不尽的竹林，无数只眼睛在林间看着我，我却只能依靠风动林梢的簌簌声、雨落屋檐的滴答声，蛙鸣山涧的空鼓声，以及血管中奔涌的血液发出的潮汐声，在脑海中勾勒出一个现实的存在。

没有感觉的七日里，我分不清白昼与黑夜，只靠面包和水充饥。在死亡面前，什么都是可以放下的，不是吗？现在，我要挺着命，接受明日的审判。我要看看我跌倒后，哪一个人笑到了最后。再重头来过。

摸索着走出门外，我对着无边的密林声嘶力竭地呐喊。空气撞上我的声音，好像变得湿重起来，无数粒密布在夜幕中的看不到的水粒子，在我的呐喊里开始一颗颗振动，它们聚合着，进而翻滚着，连成絮，接成片，像在月光下泛着荧光的海浪，只听从月亮的召唤，按地球的呼吸有条不紊地起落。我听到了水粒子扑簌簌的聚合声，听到了雾气沉稳的呼吸声。月入浮云，噤若寒蝉，众鸟四飞，我感到内心从来没有的平静——当我把所有的念想都放下以后。我感觉到，我的心又是属于我自己的了，原来的自己。

我跑回画室，在黑暗中摸索着找回了墨笔与画布。把刚才听到的聚合声、呼吸声、律动声，以及内心四十多年来所有的欲望，变成笔尖上或轻或重或大或小的一点。我随势而作，起先是狂躁的、泄愤的，后来慢慢地，回归于沉寂。

放下笔的那刻，我释然了。似乎又重回到那片平静的湖里，但与之不同的是，那只枯舟上点起了一簇光，光晕渐渐扩散开来，漆黑的水面也慢慢升腾起无数米粒大小的橘色光芒，那么安详、温暖。我想起那日寺中签上的话：六根念断五根时，无尘境里了虚空。我懂了，我感谢佛祖的恩赐，让我在无尘境中为我的内心找到了出口。

我决定给这幅画命名为《无尘》。落笔的那一刹那，我的神经剧烈地抽搐了一下，迎面拂来一阵夏夜的微风，我抬起眼，万物又重回我的眼中。

四

第二日。叶方膺神采飞扬地出现在画展上，带着他的新作《无尘》。

似乎又看到了熟悉的一幕。关于他作品抄袭的声讨虽然已经铺天盖地，但丝毫没有影响粉丝对他新作的追捧，其热衷程度甚至超过了《怪鸟》。人心只不过像海里的一粒沙尘，一旦融入新的浪潮，就会彻底忘记之前所有的过往。叶方膺还是那个在风口浪尖上的艺术家。

五

但是，三个月后，我又虔诚地跪拜在那座释迦牟尼像下。

"所以，求求你，救救我！"

商山早行

一

夜，那么短。

你听，马儿冰凉的铃铛声，敲碎了梦短暂的一生。

又要动身了吧？躺在旅店小小的床上，温庭筠回转身，望向窗外。夜还未褪尽，清蓝的天宇仍与沉沉的树影相伴。合眼再睡，梦还能带他回长安吗？

几个月前，温庭筠还在麟德殿上与天子抒怀畅饮。酒至半酣，灯烛明灭，丝竹声悄然而止。众人放下杯盏，屏息凝视。画屏后映出少女曼妙的身影，纤纤玉指拍按香檀，浅浅吟唱：

"小山重叠金明灭，鬓云欲度香腮雪，懒起画蛾眉，弄妆梳洗迟……"词儿扶着曲调，飘然上行，又回旋着下落，忽明忽暗，半隐半现。听厌了刚健质朴的诗风，宾客都沉浸在《菩萨蛮》朦胧悱恻的想象中：阳光从窗棂透射进来，抚摸床头嵌着螺钿的屏山，金光流转；闺房里，女子侧倚镜台并未梳妆，黑云般的鬓发滑落，香腮还泛着红晕……

一曲终了，无人应和，只有惊羡的目光投向离宣宗不远的温庭筠。普天之下，还有谁能填出这样清艳的词？

他醉了，踉跄起身，把酒一饮而尽，酒杯丁零当啷滚下桌案。身侧侍女赶紧簇拥上前，左扶右搀。宣宗开怀大笑，挥手赐酒。

此刻，温庭筠却孤身一人躺在旅店小床上。天才蒙蒙亮，他就醒了。辗转反侧，他似乎陷入了深深的懊悔之中。黯然的半生终于被聚光灯打亮的那一刻，如果他不藐视官场微不足道的黑暗，下场也不至于落得如此凄惨。

再睡再梦，依然是镜花水月。不如早一些起身离开，离那个伤心之地，越远，越好。

拾掇行装，牵上马绳，温庭筠最后一次留恋地回头。茅店墙角传来一截两截颤抖的鸡鸣，沙哑得扯不上高音；茅店墙上那个淡淡的月，在晨曦里泛着冷光，许是无情物最有情的道别。

他不舍地望着，在心底又默默告别了一个驿站。这一处的鸡鸣与晨月，也曾这般送走了流亡商山的四位秦代学士。温庭筠回望二十多年的求仕之路，这样的驿站，何其之多。

被他一次次留在身后的，还有故乡。对于一个居无定所的旅人来说，何处才是他的故乡？

温庭筠悲从中来。太原祁县？不，童年的记忆早已被现实无声地碾碎。水乡泽国？不，那里已经没有了他的亲人。那，是长安？他爱、他恨的长安？

一个浪荡不羁、屡试落第的落魄文人，在偌大的长安城里本就渺小得如同一粒尘沙。若不是丞相令狐绹偶然之间发现了他的才华，鼓励他一首接一首地创作《菩萨蛮》，他也不会有麟德殿上的璀璨。他应该知道，既然要追寻经世济国的大梦，就要熟谙官场那些众人皆知的规则。不就是把温庭筠三个字，替换成了令狐绹的大名，再把词作呈到龙案之上吗？何必逢人就质问：这是我温庭筠作的词，为何署上丞相的名？

殿宇之上，宰相令狐绹见温庭筠受宠，十分尴尬。可圆滑世故的人不会因此被困缚，他端着酒杯向温庭筠走去，脸上带着伯乐惯有的沾沾自喜。看到令狐绹前来贺酒讨教，温庭筠早把友人的劝诫抛到云霄，一肚子的嘲讽像豆子一样，当着众人，哗哗地倒出：丞相日理万机之余，更当多多读书，免得被人嘲笑不学无术。

似醉非醉，似醒非醒，他把丞相脸上的青白之色丢在一旁，继续与众人饮酒作乐。

这还没有罢休，酒宴结束之后，他还逢人就宣扬，"中书堂内坐将军"，讥讽令狐绹虽然贵为宰相，却不学无术。甚至连沉溺修仙升天的唐宣宗，也在他的笔下沦为笑谈。

在人人都藏锋隐芒、谨小慎微的长安，他耿直而乖戾的个性，像一把利刃，刺破了虚伪，也手刃了自己的前程。

"有才无行，不宜与第。"

他想起杭州苏小小墓前清新的杨柳，想起长安朱雀大街轻柔的柳烟，他曾写下多少诗词吟诵，可半载人世已过，柳树在风里吟的依然是那支歌：柳还在，人难留，何处是故乡。

二

且行，且行，看那板桥上落下的霜，每一粒都凝着月的皎洁，闪着晨曦的光。谁说天真的人，步履都是寒凉与匆匆？踏着桥上深深浅浅的车辙，温庭筠有了一丝慰藉。

此刻，想必他的挚友段成式已把昨夜众人的奚落抛下，沐洗完毕，在庭院的野草豆花中，继续埋头创作；想必他的诗友义山听了一夜的雨，也早早醒来，又去牛李党争中拯救已将没落的晚唐。他们与温庭筠一样，都曾踏着板桥上的霜，孤独地找寻心底最纯净的天空。

前方，枯败的槲叶片片，落满山路；淡白的枳花点点，照亮泥墙。他牵着马，举步前行。温庭筠并没有后悔，这样的命运之锤，三番四次地落在自己头上，哪一次不都是拍去尘土，又重新爬起？他的世界，从来没有绝望二字。一个文人，失去了家族的倚靠与接济，除了仕途还能有别的安身立命、养家糊口的活计？他何尝不想如年少那时，成日流连红楼，一掷千金？而今，他只能在一条窄窄的仕途，赌上余生。好友徐商正在不远的襄阳等他，暂且栖身徐府，做一介小小幕僚，总比漂泊无依来得强。

他看到脚下枯黄的槲叶，它们冻颤了一个严冬，等到枝梢吐出新绿，才安然落地；墙角的枳花，那么小，又那么惨白，却散发着春天里最不乞人怜悯的香。温庭筠踏着沙沙作响的山道，沉浸在希望的气息里。

三

明媚的气息，把他带回到昨夜那个梦。

梦里，他回到了杜陵，回到了刚刚离开的鄠杜小舍，那个远离长安又能远眺长安的世外桃源。

满山的荞麦如雪，塘边的青草油绿，牛羊瞑目，凫雁划水。牛儿梦里的一声哞叫，惊起一只胆小的雁儿。它奋力拍着双翅，扑腾进塘边的苇丛，留下一串灿灿的水纹。身边的鱼幼薇，拍着手笑了，眼眸里流转着明媚的光：

"庭筠，你看这塘里的凫雁，像极了谁？你！"

看着她，温庭筠看到了整个世界。

可这梦，淡得如一缕没有重量的烟线，他闭上眼，努力去回忆梦里幼薇的一颦一笑。他怎么就看不到幼薇明媚的眼里有深深的仰慕，怎么会察觉不出这仰慕里的羞涩，羞涩里的渴望，渴望里的热切？可温庭筠低头看到自己落魄的衣衫，不禁喃喃：幼薇，幼薇，此身伶仃，辜负卿卿。

侧身上马，他再次催促自己早些离开。不仅离开对长安的爱与恨，不仅去继续寻找经世济国、安身立命的梦，也要斩断对一个少女的爱与伤害。

马蹄声声，渐行渐远。

四

多少人讥讽他流连花间满身红尘，多少人嘲笑他卸不下功名作茧自缚，多少人又拿他与李商隐韦庄同语，鄙夷他种种难以理解的言行举止。可当我翻开厚重的历史书卷，当我仔细抚摸每一个与他有关的汉字，每一首他留下的诗词，探寻他商山早行的动因时，温庭筠柳绿花红、波澜壮阔的人生才慢慢清晰起来。

一个心里住着蛟龙的男儿，想要用尖利的牙齿撕裂黑暗，想要用带锯的尾巴掀起浪涛，冲到云霄；但他也有着最细腻敏感的愁肠，摇曳的柳丝也能让他黯然神伤；可家已亡，国将破，孑然一身，无处成归途。所以早行仅是一种表象，是在汹涌的现实面前，他做出的心有不甘的妥协与自洽，只为坚守住心底炽热的天真。

宣宗死后，懿宗即位。年过六旬的他得到了国子监助教的职位，主持咸通七年的秋试。这是温庭筠人生之火熄灭前，最后一次平步青云的良机。

果不其然，他把所有针砭时弊的考生诗文，一一张榜，公示天下。

他又一次被迫离开长安，但这次，是最后一次。

有些人就是这样，一次次与现实搏斗，宁愿维持天真、遍体鳞伤、头破血流，也不愿和成熟、世故与伪善言和。

附：

商山早行

唐　温庭筠

晨起动征铎，客行悲故乡。
鸡声茅店月，人迹板桥霜。
槲叶落山路，枳花明驿墙。
因思杜陵梦，凫雁满回塘。

历史的囚徒

英国人马礼逊静静地躺在澳门基督徒的永久墓园里。身下是异乡的泥土，身上是四季的云。他曾无数次在梦里看到这样的结局，却未能看清真实的自己。

二十七年前，这个羞涩而虔诚的神学博士在伦敦东郊格雷夫桑码头告别亲友，登船离港。他在孤独而凶险的大海上漂泊，到美国的纽约港做短暂的停留，最终的目的地是梦想中的神秘之境——中国。他要把上帝的福音，第一次转换成艰涩的方块字，洒向那片蒙昧的心灵。

马礼逊本以为仁慈的宗教，圣洁的爱能拯救苦难下的中国民众，却在广州，当时中华帝国唯一向外夷开放的口岸，遭到了前所未有的冷遇。他的布道，不仅没有吸引来一向信奉应世哲学的黄皮肤们，就连那些从欧洲大陆漂洋过海而来的商人，也因为贪恋金钱，背弃了曾经的信仰。英国商馆已是当时中国最大的商馆，也拒不接待这样一个神的孩子，他一度流落街头。

作为一个传教士，他的行动还处处受到清朝法律的限制。他不能随意与广州城里的中国人交往，不能在珠江上泛舟赏月，更不能学习中国的语言。偶尔走上街头巷角，还会被黄口孺子指点嬉笑。

再神圣的灵魂，也会被孤独与贫困打败。最落魄的时候，他一天只吃了一片面包、一杯茶、一碗米饭。他也不过是个普通人。走投无路之下，东印度公司赏给他一份为英国商人做翻译的工作，开始了既为上帝服务，也为玛门（金钱）打工的生活。

马礼逊永远不会忘记当初立下的誓言，崇高而坚定的信念让年迈的父亲放下了生死离别，准许他踏上这条不归之路。于是，他时时刻刻默念着它们："我立定宗旨，将自己献给中国人。"这样的人生坐标充满着慈爱与正义，多少次让他焦躁的心归附平静，化为持久的动力。

于是，在繁忙的俗世工作之余，马礼逊全身心地投入到中文学习中去。他对汉字的渴望，打动了一位善良的中国教师，两人冒着生命危险，一边以擦鞋为掩护，一边教学，又埋头桌案，夜以继日地阅读古籍，把《圣经》用中国人熟悉的母语一字一句写下。第一次，上帝的声音被世界三分之一的人口用它们熟知的语言所聆听，马礼逊平静地接受了欣喜。

到广州的第十个年头，《华英字典》第一卷出版了，第一个誓言即将实现。

可《圣经》里说，人不能同时侍奉上帝与玛门。夜深人静时的马礼逊，总是万般沮丧：他抛妻弃子、九死一生地来到中国，并非来为东印度公司的商人服务；但是，若不为商人们服务，他根本无法生存，更谈不上为神服务。

一夜忏悔。第二日天明，他又坐上了去往东印度公司的汽车。他知道，很多时候，妥协并不代表着背叛，人生即是绕路。

茶叶风靡欧洲，英国政府却感受到了来自东方大国的威胁。对华贸易中，为了换取茶叶，大量白银流入了中国。为了拉平巨大的财政赤字，攫取中国遍地的白银，他们把在孟买、加尔各答等地生产的鸦片，源源不断地输入中国。做茶叶生意的商人内心喷涌的欲火，点燃了清朝走向没落的最后一根导火索。马礼逊，穿上了领事服，往来奔走，为他们牵线搭桥，有可能他看到的不是让人荼蘼的鸦片，而是一本本《圣经》，一个个布道场，一行行神的赞美诗。

但马礼逊的朋友写信与他："你岂能一手拿着生命之粮，另一手拿着鸦片，同时给中国人呢？"

马礼逊没有回信。离当年他立下的誓言，只有一步之遥。

与中国打交道多年，聪明的西方人早已意识到，福音撬不开的天国大门，鸦片就能轻而易举地让它不攻自破，而且有帝国远征军的火药相助，上帝的福音也能洒满新的大地。穿上领事服的马礼逊，和商人政客一起获得了"治外法权"和"领事裁判权"，终于如愿在中国的土地上建造属于自己的房屋，设书院，办报刊，专注开创自己的传教事业了。

在异国的土地上，他辛勤工作了二十七年，他不仅翻译了《圣经》，编纂了巨著《华英字典》，还编写完成《中国简史》，并且不加任何评论地描述了在中国的所见所闻。其间，他的两任妻子与儿女们先后离世。在尘世的荣耀背后，其实是他漫长的孤独、煎熬，与自我进行的搏斗。

　　为之奋斗一生的福音事业，并没有如他所愿在这片异域大放异彩，反倒因为掺杂了尘世的金钱与动机，遭到了民众的大面积抵触，间接引发了太平天国起义与义和团起事。他的仁慈，他的奔走，他忍受的不为人知的苦难，难道就失去了价值与意义？

　　他所热爱并积极弘扬的中华文化，也并没有如他所愿的那样，在西方故土生根发芽，反倒因为博大而美好，激起了世界强烈的掠夺欲望，间接触发了鸦片战争，给中国民众带来深重的灾难。他的克制，他的勤奋，他高贵的美德，难道也失去了价值与意义？

　　他只是千万个来清布道的传教士中的一个。

　　在难以抵挡的历史进程中，他们究竟是福音的使者，还是世俗文明的使者？究竟是为神明服务，还是为金钱与权力服务？他们到底是不忘初心，还是忘记了初心？

　　他本可以穿一身素净的道服安寝，可到他要入土为安的时候，人们却不知道应该以哪一种身份安葬他的灵魂，是如商人一般着笔挺的西装，还是穿一身光鲜的领事服？他自己知道吗？

　　看看我们的周遭，也能有几个人，会为了实现自己的人生坐标，与现实拼个鱼死网破，你死我活，一条路直走到底？凡人，都是带着天真的初衷出发，为了身边的爱人，为家为国做出妥协，再一次次拍去尘土，继续前行。人生并不是非黑即白，也许绕路才是货真价实的人生。

　　只不过，有些人是像马礼逊那样罢了，把自己坚信的善与真理加给别人，以为自己的正义能救人于水火。殊不知，他们的信仰有可能已经沦为了现世的一种工具，而且随之而来的，他们的人生坐标也已经在一次次与现实的妥协中，偏移了内心的本位。付出得越多，就越难放弃；越坚持，就越背道而驰。这种对善与正义偏执的坚信，让越真诚的人，变成了越危险的动物。马礼逊最终成为历史的囚徒。

雨

决定一个人命运的，或许是一场硝烟弥漫的战争，一场惊心动魄的考试，一个进退两难的选择，也可能仅仅是一场雨，一场如约而至或突如其来的雨。

那年的三月七日，天与谁沆瀣一气。

四十六岁的苏东坡与友人在沙湖道上遇到了一场雨。这是一场怎样的雨呢？虽说是春雨，却并非沾衣欲湿、润物如酥、金贵如油。它显然是有备而来，蓄足了隆冬还未消退的寒意，夹杂着料峭的冷风，趁苏轼毫无防备之时，以穿林打叶之势，把腾腾的肃杀之意如刀林剑雨般，刺到苏轼的生命里，刚刚从乌台诗案中死里逃生、惊魂未定、流落异地的苏轼的生命里。

这样的雨带着一种威慑与使命，目的是让人屈服。

一场大雨、冷雨、无情的雨，若是被李清照淋着，想必定是"凄凄惨惨戚戚"；又若是被柳永淋着，也是"寒蝉凄切，对长亭晚"；要是被他的政敌，素来有"拗相公"之称的王安石淋到，则注定会是一场豪赌——若下雨，则意为新法失败，愿赌服输，告老还乡。

但在这场雨里，苏轼冷冷地端详着自己。那个天赋异禀、踌躇满志的少年，那个曾以为人生是不断向上追寻单行线的孩子，现今落魄到一无所有。他看着穿林打叶之雨哗然而下，冲走他出生至今四十多年来所有拼搏所得，那些利益、名望、功绩与位置，冲走一个又一个曾经挽臂执手、信誓旦旦的朋友，也冲走了他的狂妄、自负、偏执、恐惧、烦躁、懊恼与自命不凡。

这场雨，把一切外在秩序附着的束缚，从他身上一层层剥去，随汩汩雨水，滑入至脚下这片泥泞的他乡。

他的世界只剩他一人。

一层又一层地失去，却是一层高过一层的俯视。世界空得只剩下了他自己，"谁怕！"撤除了界限，便无墙、无栏、无羁、无绊了，胸襟无限扩大了，他通向了广袤的精神乐园。

可悲又可喜的是，在这么一个穷乡僻壤，当他发现自己仅剩的才华也一无用处，不会在世俗生活中激起一丝丝回响的时候，他找到了一种出口，才华成为一种自在自洽的人生表达。

"一蓑烟雨任平生"，这场雨并没让苏东坡屈服，反而让他完成了一次绝地反生的涅槃，一次剔除俗心的脱胎换骨，一次人生意义上的整体觉醒。此后，他的人生轨迹每况愈下，但是他的生命状态却抛下了世俗境遇，不断向内心深处，精神高处探求，在那一个千年里闪耀出最瞩目的人性光辉。

雨看苏轼，苏轼看雨。这雨便成了一场无法逃离的恶雨，一场知时节的好雨，甚至不过是日常中平淡无奇的江南烟雨罢了。

当我们也学苏轼当年吟啸着这首词，用天地间茕茕孑立的心境反问自己——"谁怕"的时候，我们可曾意识到，竟然是一个幽微的个体生命，在如此浩瀚的人类文明长河中，迸发出的一点朴厚而不悦耳的声响，一点明亮而不刺眼的光辉，却治愈了古往今来多少在跌宕中迷茫求索的灵魂。

似乎天气是一种天意，总给人一锤又一锤的重击。西天取经的师徒四人经历重重八十一劫难终得真经，满心欢喜，却被一只耿直的老鼋丢入滚滚通天河；等到拼尽全力捞上经书，风、雷、雾、闪又来劳攘一夜；终于太阳高照，开包晾晒，几卷重要的经文沾破，字迹被永远地留在岸石上。

曾以为人生是一场徒劳。

就像苏轼的那场穿心雨。

虽无法如苏轼这般，做个吟啸徐行、风度翩翩的落汤鸡，但至少我们会摸爬滚打，能一身泥泞地走过风雨，拍去衣襟上的尘土，继续前行，继续接受磨砺，继续去领受成熟的重重要义。盈而不满，迷而不失，锲而不舍；有坦然的自嘲，明晰的洞见，有看清楚现实之后，仍保有的浪漫；是受命运捉弄之时却安之若素的处变不惊；是经得住寂寞的诱惑，孤独的磨砺；是在烈火中把刚硬淬炼成柔韧。

每个人生命里的那场雨。

看着经石上留下的字迹，三藏懊悔道：是我们怠慢了！不曾看顾得。行者说："盖天地不全。这经原是全全的，今沾破了，乃是应不全之奥妙也！"

跋：四个吕颖和一轮明月

徐海蛟

最初，我在一个小男孩的文字里遇见了吕颖。他写某个夏夜里电闪雷鸣，大雨如注，可妈妈却鼓动他去楼下看花，起先他觉得妈妈真是太无厘头的妈妈。

小区的步道上空无一人，只有雨点无声打在地上，汇成一条小河……风更大了，雨更狂了，我们仿佛穿越到了另一个世界。天上的云竟然有点发蓝，要压到我们的雨伞了，楼里灯火寥寥无几，像几颗彗星。那高大的轮廓在密集的雨点中时隐时现，灯光似乎成了一片片乳白的雾，飘荡在天地间。豆大的雨点砸到地上，我们四周开满了清莹的昙花，天地变成了亮亮的一片！多么壮阔的景象！

我们在雨中奔跑着，伞根本挡不住那暴烈的雨点。它们密集地打到我身上，像千万只鸟啄着我的身躯，我们就这样踏着水花，一路追逐嬉戏，浑身湿透了。

看完花后，小家伙心境大变，往下写道：

我感动了，不仅因赏雨嬉戏的畅快，也因我身边那个小小的，柔弱但执拗的背影。

我也感动了。我想着全中国的妈妈都趋向于同质化的年头，全中国的妈妈都将孩子深锁在风雨不侵的房间里时，还有一个妈妈，关心着雨夜楼下即将盛开的花。如果妈妈也算得是一种职业，在这个职业"礼崩乐坏"的今日，这位妈妈就是美丽的角色担当了。

这本书中，第一种明晰的特质是属于母亲的。母亲的特质是什么？是温爱与包容。吕颖用全书四分之一的篇幅，书写母亲的心思，书写母性对成长的守望，书写一个生命与另一个生命的呼应和回响。那么细腻，那么幽默，又那样温柔动人。她会因小子的要求于夜晚驱车数十公里，去到三号线终点站，看地铁转轨；她会在儿子怂恿下在雨夜里，赶往城市东面的大湖边，然后挥舞着雨伞，和儿子一起"顶风赛跑"；她会在周末，带着儿子伫立于三溪浦水库畔，用目光追逐一只飞翔的苍鹭……很多事发生在夜里，发生在假日，那是我们这个国度里大多数人的私人时间。母亲诗性的部分，自然也显示在对私人时间的支配中。我们不禁羡慕，小子够幸福，除了优渥的生活，他还拥有一个"专业"的母亲。而于读者来讲，当我们的心被母亲的心弦拨动时，是不是也可以习得母性的宽容，习得一种智慧的爱意。爱并不只在用力给予，妈妈的妈字是"女"加"马"，除了像马儿一样不辞劳苦地长途奔驰，最好的母爱，大概还得拥有"女人"的智慧和柔情，只有经智慧加持的爱，才能抵达灵魂深处。

这本书，第二种明晰的特质是属于教育的，属于广大的孩子。我开玩笑地问过吕颖一个问题，如果在三十年前："我成为你的学生会怎样?"我想那样的话，我肯定会从这位吕老师身上得到无穷的教化，岂止是文学这样一个旁枝的学科呢。进而，我会在向上向美的旅途中，走得更轻快。这句话我是替吕老师的学生说的，一个人遇到有爱有学问又敏慧的老师，不知道要有怎样的幸运。

她在《师命如山》中写道：

师命："今日饭毕，汝等不准按原路线回教室。三五结伴，另辟蹊径，必先行经操场北角晚樱之下，再经森林公园紫藤树下，方可返回教室学习。"

生日："诺。"

学生流水账：吃完午饭，我们不按原路回教室。先走过两棵樱花树，风吹来，樱花花瓣落在我们的头上。再走过紫藤林，紫藤花瓣落在我们的头上。我们带着樱花和紫藤花的香味，回教室订正作业。

师命："每日放学之路名日鸢尾小路，汝等必先与众鸢尾行告别之礼，方由长辈接送回家。"

生日："诺。"

一日流水账：今天放学，我挥手与鸢尾道别。风吹来了，它们想扑翅膀了。原来，四月的鸢尾最美。

读到这里，我禁不住笑出声来，脑海里，三三两两小屁孩，一脸懵懂地站在樱花树下顾盼流连，或者挥着手与紫色鸢尾告别，只是鸢尾沉默不答。他们并不知道什么是诗意，也未听过鸢尾花的歌唱。但那一刻，在春天的微风和夕光里，他们的心性被老师的"命令"不动声色地开启了，他们的鼻子触及了花香，眼睛触及了自然写下的诗行，而灵魂从此沾染了一缕芬芳。许多年后，一定会有几个孩子，在回忆往事时，念及吕老师的奇妙，也一定会有几个孩子，因此懂得在物质生活以外，人还有一种精神的生活可以追求。吕老师悄悄地播撒着教育的诗意，也悄悄地布施着师者的爱意，个中奇妙，绝非那些照本宣科逢场作戏的教育者所能感知到的。

一个男生执拗地想将养在教室里的吕老师宠爱的文竹连根拔起，老师马上收到了"紧急告状"，可心里却觉得：

才不到十岁的孩子，摸摸文竹羽叶何尝不可，只不过好奇罢了。我无动于衷。

这样一来，教室乱成一锅粥，孩子们急得直跳脚，还有女生急哭了。吕老师只得跑去教室调停：

他的小手紧紧攥着文竹细嫩的枝条，咬牙切齿地想把它连根拔起。旁边的小女孩急得快哭了，几个勇敢的男孩冲上去抱住他的身体，缚住他的手。可小家伙还是不依不饶，拽着文竹的枝条不放。

天，文竹的枝条虽然孱弱，上面的竹节也有许多细密的小刺，细嫩的小手紧紧攥着这样的枝条，不疼吗？

老师，痛的，他摊开红红的手说，但是我更想看看它的根，看看底下究竟有什么，能让它长得这么高。

幸亏我没对这些天真恶语相加，不然，我在教无邪的孩子分辨善恶的时候，自己就充当了引诱的魔鬼。

　　这段小小的独幕剧般的文字，吕颖写得轻巧，我却能够觉到老师漫溢出纸面的爱。教育是一件多么需要耐心的事呢？在更多场合，那些被称之为老师的人，根本无法容忍一点点异见，任何出于本真的好奇都会被定义为忤逆。吕颖以一派天真，像春雨呵护新芽一般呵护了稚嫩的天性。对想成为科学家的孩子，报之以掌声，对想成为厨师的孩子同样报之以赞许的目光，这才是教育的本心。教育的本义是以无限仁慈成全每一个具有差异的生命。师者的爱与温柔，消融于字里行间，像春风里绿叶的歌唱，青葱又透亮。

　　第三个吕颖是一位人间观察者。她以天性里的敏锐，以广博的阅读和不断的行走建构起来的识见，以良好的文学直觉，为那些躲在角落里的人和事写了一份勘察报告。这部分的文字，有人生的甘苦和得失，也有对人情世相的品咂，更有对现实的揣测和拿捏。在垂钓中维持着自我乐趣的老李，旧时天胜照相馆的染片师，那个叫静美的祖母，他们成为这部书稿里传奇的部分，尽管写着写着就跑出了散文的边界，但依然是好看的文字。

　　第四个吕颖叫羽人，我相信这是一个女人轻盈的部分。这个部分的她执念于世界宏阔或细小的美，喜欢黄昏，喜欢书籍和文字构筑的花园，喜欢于物质固化的时间以外，寻求生命的轻逸。这部分的文字，源自天地山川，源自白云晚霞，源自对尘俗的反抗，也源自一个生命向内的审视。有思也有诗，有情也有意。

　　一本书，十万字里藏着一个人的四个部分。它们又是互为整体的，就像四个季节构成了我们一整年的光阴，就像新月、峨眉月、上弦月、凸月最后都会变成一轮皎洁的满月。

　　这是羽人的第一本书，有稚拙和芜杂之处，有凭借着一腔孤勇随意跑马之处，但并不影响它的质地。她的文字有良好的气息，有绝不流于凡俗的灵动，那是有月色的夜晚的气息，是午后的天空里有云的气息。她的书写让我们相信，这俗不可耐的尘世，还有一些文字要高于生活。

　　我看好这般纯粹的作者，她在文字的旅途中应该走到更远的地方。

2022 年 2 月 22 日—24 日

后　记

和一个许久没有见面的朋友说，我快完成书稿了。

他说，祝贺你，又回到了二十年前。

从母校毕业后，我们便失去了联系，所以他一直记着我二十年前的模样，而我自己却忘了。我只知道自己是只蜗牛，背着一个小小的家，无须看清外面的世界，只用触角探查前方的障碍，避开，就好。我一次次错过黄昏，错过遥远的山顶上落日的祭奠，错过清晨，错过醒悟；我还手握红笔，对着一群花儿般可爱的孩子钩钩叉叉，做评判它们童年的事。我差点在忙碌和叹息里变成了另一个我不认识的自己。

幸好有书、有文字、有恩师、有良友，向我抛下一根救命绳索，把我从生活的渊泽中打捞上来。

在最困难的时候，得友人推荐，我读到了厦大周宁教授写的《人间草木》，一本看上去不起眼的书。作者从群星闪耀的夜空中选取了四组人物：马礼逊和马格里，李叔同与苏曼殊，托尔斯泰和马克思·韦伯，梁济和王国维，写他们在相似境遇里，在信仰、宗教、人生、秩序的种种探寻中，各自不同的奔赴死亡的路。赴死并非只存恐惧，这些闪耀着光芒的人，一方面深刻地体验着苦难，一方面勇敢地面向阳光，无论外界如何嘈杂，内心深处始终保有一份静谧的激情。这使得我重新审视了自己的人生，并鼓起勇气给作家徐海蛟老师写了一封信，报名参加了他举办的成人写作班。

2020年，正是疫情蔓延的第一年，我们的成人写作班在第一波疫情刚刚消退之时悄悄开班了。漫长居家隔离后，我第一次见到了这么多陌生人，内心除了好奇和激动，更感到亲切。因为我看到每个人的眼神都那么热切，我嗅到每个人的气味都那么相似，虽然大家都戴着口罩，只能看到彼此的眼睛。因与文字的缘，十六个不同年龄、不同职业、不同际遇的成年人，成了徐海蛟老师的孩子。我们是幸福的孩子。老师以文字喂养我们，我们以文字致敬岁月。曾经我们神往20世纪80年代木心在纽约寓所做的"胡闹"之事，他教着一帮热爱文学和艺术的青年人，在没有大纲，没有课文，没有考试和证书的情况下，贯通古今与各种艺术门类完成跋涉五年的文学远征。而眼前，我们也正全身心地投入到这样一堂存在于理想中的写作课，吴启钱老师、海红姐姐、东辉姐姐、秋依妹妹，仰望的人一个个真实地坐在我身边。我在笔记本上飞书走页，记下老师和同学的每一句话，其实是想用白纸黑字反复证明这一切绝非虚幻的想象。每一堂课，在老师自由驰骋、精辟独到的讲解里，我们跟随指引，翻开书页触摸文字，推开文学殿堂的大门，进入文字背后隐秘的内核，抚摸人性的幽微辉光，抵达一个从未到过的世界。这是真实的课堂，更是一场往返于时空，纵横于社会、信仰、艺术的梦想课堂。

我们还像孩子一样写作业，老师毕恭毕敬地读我们写的每一个字，在上面勾圈，打分，写评语，我们再像孩子一样满怀期待盼着老师讲评，虽然我们的眼角都有了可爱的鱼尾纹。在老师的启发下，一粒粒尘土试着去勾勒光的质感，一株株芦苇想要在秋空扬起山茶花一样白、云一样软的芦花，一片片静水渴望流深。我就是其中一粒小小的尘泥，像个重新出生在暮春的孩童，渴望蓬勃，渴望做个把名字刻在水上的人，渴望体验静默中的激情。

岁月给予了我老而无畏，现在有了文字，心里敞阔而明亮了，心里关着的灵鸽、爬虫、麋鹿、狮子被放出来了，知觉在一棵树、一朵花、一片云、一条溪上得到重生，我用它们的感官去触摸这片时光，自由自在地与自己和万物对话——脑中长时间黯淡的那部分，逐渐充盈新鲜的血液，显出光泽。平日里未意识到存在的事物，各自独立地被感知，被思考，被认同或怀疑，并互相建立起意想不到的联系。天真又重新入住我的心里，给了我去洞悉真相的勇气。

星河烂漫，流光皎洁。

我不再羞愧于我没有一个像样点的书房了，我可以在厨房灶台上写作，也可以在洗衣机上写作，哪怕手指上带着洗洁精的味道，空气里沾满咸涩的腥味和油烟的腻味。我知道我的文字还很粗鄙稚嫩，我的思想还很空泛苍白，但我从写作中体验到了一种从未体验到的快乐，不同于买了一件新衣，炒出一盘好菜，教出一届好学生，这种快意，是把词语一个个妥帖地安放在句子里，是把从司空见惯里稍纵即逝的微妙捕捉下来，是拨云见日去看清痛苦与快乐背后的真相。我虽按照生活的逻辑保持着惯性的生活，但文学给我的生活带来了另一种可能，以它独特的观察、想象、审美带我去超越原来的我。

2021年5月，我得到恩师徐海蛟的推荐，申报了市文联扶持青年作家的"春蕾"计划。我从未想过一个普通人的生命还能有这样光辉的一刻。那天在月湖的贺秘监祠里，窗外是碧波荡漾的月湖，我从小在那儿玩耍长大，而这一次我看到柳枝在风里袅袅，好像在水面写字，写的字是"何其幸运"。在许多老师的关怀下，我侥幸通过了项目终审，开启了我奋笔疾书的一年。

散文创作要打开自己，可是我心里藏了太多难以言说的秘密，所以在写作中遇到了重重困难，而且才华和时间所迫，只好从记忆里择取一批陈旧的作品，拼凑出这一本集子。里面多是些琐碎的日常、微不足道的自我、小欢欣和郁结在心中很久的悲悯，还有些信马由缰的乱笔。汪曾祺说，人生由无数个渐渐维持，由萌芽的春渐渐变成浓荫的夏，由凋零的秋渐渐变成枯寂的冬，其间没有显著的痕迹可循。我想，多亏是这些文字，生命里无数个渐渐才被完好如初地保留下来，让我随时回到那一时一地流连。但写作的过程，是不断成长蜕变的过程，今天的我看昨天的作品，总是不断地自我否定。徐老师不断安慰我，第一部作品总是不完美的。我第一次难以接受老师的教导。我要背负着对自己和老师的歉意，直到写出让自己满意的那本集子为止。于是，我便在不断循环往替的肯定与否定之中奋笔疾书。

这种一头扎进文字里的日子，让我想起二十年前的模样，叶继奋老师唾沫横飞地讲鲁迅、阿城、汪曾祺，陈恩黎老师神采飞扬地把台湾儿童文学带到我们前面。我和好姐妹上完了课，躺在宿舍吱呀作响的钢丝床上，捧着各自喜欢的书，一边看一边聊，一边笑一边哭，我的床上照进阳光，大家又挤在一起晒着太阳继续看，看完了写，高兴了写，难过了也写，写出一堆别人读不懂的傻话，还是继续写。二十年前，正是我们为了爱能赴汤蹈火、义无反顾的时候。生活兜兜转转，又回到了那个时候。

我庆幸，我又回来了，重新对世界充满了好奇。

精神觉悟的路不止一条，我希望我的文字能唤起你的热爱，在庸常的万物里找到能让自己生命为之闪光的热爱。

吕　颖

2021 年 12 月 31 日